無名子集

이 책은 2013년도 정부(교육부)의 재원으로 한국고전번역원의 지원을 받아 수행된
'권역별거점연구소협동번역사업'의 결과물임.

This work was supported by Institute for the Translation of Korean Classics - Grant funded
by the Korean Government.

韓國古典飜譯院 韓國文集校勘標點叢書

無名子集 4

尹愭 著

李霜芽 校點

凡例

1. 이 책은 尹愭의 文集인 《無名子集》을 校勘・標點한 것이다.
2. 이 책의 底本은 韓國文集叢刊 第256輯에 실린 《無名子集》이다.
3. 原底本은 후손 尹炳曦 집안 소장본으로 異本이 없는 唯一本이다.
4. 底本에서 判讀이 어려운 글자는 原底本을 參考하여 補充・訂正하고 校勘記는 달지 않았다.
5. 본문에 쓰인 異體字는 代表字로 고치고 校勘記는 달지 않았다. 代表字의 판단은 韓國古典飜譯院 〈異體字處理一覽表〉(2011)를 準據로 하였다.
6. 筆寫 과정에서 관행적으로 通用하던 글자는 文脈에 맞게 고쳐 쓰고 校勘記는 달지 않았다.
   例) 己 已 巳
7. 이 책에서 사용한 標點符號는 다음과 같다.

。	疑問文과 感歎文을 제외한 文章의 끝에 쓴다.
？	疑問文의 끝에 쓴다.
！	感歎文이나 感歎詞의 끝, 강한 語調의 命令文・請誘文・反語問의 끝에 쓴다.
，	한 文章 안에서 일반적으로 句의 구분이 필요한 곳에 쓴다.
、	한 句 안에서 병렬된 語彙 및 名詞句 사이에 쓴다.
；	複文 안에서 구조상 분명하게 竝列된 語句 사이에 쓴다.
：	완전한 引用文의 경우 引用符號와 함께 쓰거나, 話題 혹은 小標題語로서 文章을 이끄는 語句 뒤에 쓴다.
“ ” ‘ ’	직접 引用한 말이나 强調해야 하는 말을 나타내는 데 쓰되, 1차 引用에는 “ ”를, 2차 引用에는 ‘ ’를, 3차 引用에는 「 」를 쓴다.
【 】	原文의 註를 나타내는 데 쓴다.
・	書名號(《 》) 안에서 書名과 篇名 등을 구분하는 데 쓴다.
《 》	書名, 篇名, 樂曲名, 書畫名 등을 나타내는 데 쓴다. 모점(、) 하위

단위의 병렬에 쓴다.

___ 人名, 地名, 國名, 民族名, 建物名, 年號 등의 固有名詞를 나타내는 데 쓴다.

□ 빠진 글자의 자리에 쓴다.

▨ 훼손된 글자의 자리에 쓴다.

目次

無名子集 詩稿 冊六

無名子集

詩稿 册六

詠東史

詠東史【亦就《史略》中編入東事者作之。 而所載太略， 故間取見於他書者，
以寓褒貶之義。】

天開以後至檀君， 理豈獨無人與文？
可惜東方徵信絶， 此時猶未混茫分。

其二

檀君開國自茫然， 以後失傳況以前？
無乃有司所撰否？ 桓因神市九夷年。
【《記言》：“上古九夷之初， 有桓因氏。桓因生神市， 始教生民之治， 民歸
之。神市生檀君。居檀樹下， 號曰‘檀君’。”】

其三

首出國君太伯檀， 或云熊女孕神壇。
後人記史尙矛盾， 何況當時考据難？
【《東國總[1]目》：“東方初無君長， 有九種夷。 有神人降于太伯山檀木下，
國人立爲君， 國號‘朝鮮’。《三國遺事》：‘天神降于太伯山頂神壇樹下。有

---

1 總：底本에는 “摠”. 이하 모든 “東國摠目”은 “東國總目”으로 고치고 교감기를
달지 않음.

一熊祈于天神，願化爲人，遂得女身。仍乞有孕，天神乃交之而生子，號
曰壇君。'以其孕生於神壇下也。太伯山，今寧邊妙香山。"】

其四

國號朝鮮孰命名？ 蓋由東表日先明。
或言汕²水其然否？ 屬木屬仁是太平。
【《爾雅》："東至日所出爲太平。太平之人，仁。"】

其五

與堯竝立聖神如，制度儀文化日舒。
編髮餘風殊被髮，大經先立敎民初。
【檀君戊辰元年，唐堯二十五年也，敎民編髮蓋首。】

其六

徵碑牛首有臣吳，執玉塗山送子婁。
通途奚但民居奠？ 事大永垂萬世謨。

2　汕：《官版朝鮮史略·檀君》에는 "山".

【牛首州有彭吳碑。檀君命彭吳，治國內山川，以奠民居。金時習詩："壽春是貊國，通道自彭吳。"夏禹十八年，會諸侯塗山，檀君遣子扶婁，朝夏。】

其七

堯戊元年訖武丁，這間蓋是千餘齡。
飄然一入阿斯達，其死其神竟杳冥。
【商武丁八年，檀君入阿斯達山爲神。自元年戊辰至武丁甲子，一千十七年。阿斯達，卽九月山。】

其八

王儉子孫未有徵，過千其壽史徒稱。
歸之傳世歷年數，陽老斯詩足可憑。
【權陽村近賦檀君詩："傳世不知幾，歷年曾過千。"蓋以一千十七年，歸之於傳世歷年之數。】

其九

唐藏遷徙著何文？松壤之西有塚云。
建祠泰伯阿斯達，後世端宜享芯芬。

【《輿地勝覽》："武王封箕子朝鮮，檀君乃移於唐藏京。唐藏京，在文化縣東。"《記言》："武丁八年，檀君歿。松壤西有塚。松壤，今江東縣。或曰入阿斯達，不言其所終。泰伯、阿斯達，皆有檀君祠。"】

其十

武王已卯父師東，禮樂詩書曁百工。
天眷吾邦基萬億，小中華獨聖人風。

其十一

商淪已誓罔爲臣，東避朝鮮武乃因。
敷教地存陳範後，携來中國五千人。
【武王克商，釋箕子囚，就問。箕子陳洪範，乃東避朝鮮。武王因封之而不臣。】

其十二

八條施教化民風，禮義俗成歲屢豐。
欣欣朝野騰歌頌，江比黃河嶺比嵩。
【時朝野欣悅，以大同江比黃河，永明嶺比嵩山，作歌頌德。】

其十三

八家同井畫爲田，遺迹至今尙宛然。
若使良謨傳後世，何憂貧富漸成偏？

【平壤府南外城內，有井田遺迹。】

其十四

白馬朝周歌有思，殷墟麥秀使人悲。
此事却云微子事，《尙書大傳》語堪疑。

【《尙書大傳》，以朝周作歌爲微子事。】

其十五

平壤免山有塚原，綿綿三姓驗雲孫。
至今血食崇仁殿，萬世難忘箕子恩。

【平壤府北免山，有箕子墓。李廷龜崇仁殿碑："馬韓末，有孱孫三人。曰親，其後爲韓氏；曰平，爲奇氏；曰諒，入龍岡烏石山，其後爲鮮于氏[3]。"】

---

3 其後爲鮮于氏：《月沙集·箕子廟碑銘》에는 "以傳鮮于".

其十六

箕子後君不見書，四十一代否維初。
伐燕何世尊周志？謾被大夫禮諫沮。

【《記言》："箕子[4]子孫相傳，至周末[5]，燕伯稱爲'王'，東略地。朝鮮侯欲興
兵伐燕，以尊周室。大夫禮諫而止，使西說燕王，約兩國毋相侵伐[6]。"】

其十七

箕否爲君問幾年？秦幷天下虎威延。
長城直抵遼東築，畏服此時勢自然。

其十八

準始稱王縮王燕，浿江爲界地相連。
試看亂後民多入，此路已開衛滿前。

【否子準立。秦滅，燕、趙之民多亡入朝鮮。漢興，盧綰王燕，與朝鮮約
以浿水爲界。】

4　子：《記言》에는 "子之".
5　周末：《記言》에는 "周之末世".
6　伐：《記言》에는 "伐之".

其十九

綰入匈奴滿入鮮，分封百里衆餘千。
信他西界藩屏語，養虎自戕儘可憐。

【盧綰叛，入匈奴。燕人衛滿亡命，爲胡服，聚衆千餘，東渡浿水，求居西界，願爲藩屏。準封之百里，使守西鄙。】

其二十

詐告漢兵十道偕，無人覷破室延豺。
西藩宿衛求前後，燕滿奸謀漸入佳。

【滿招納亡人，乃給準曰："漢兵十道大至，請入宿衛。"仍襲準。】

其二十一

舐糠及米室操戈，避客主人越海波。
國號馬韓金馬郡，南遷空棄舊山河。

【準與滿戰，敗，浮海南奔。至金馬郡建國，稱"馬韓"。統五十餘國，大國萬餘家，小國數千家。金馬郡，今益山，後爲百濟地。】

其二十二

避役逃秦入馬韓，割他東界與無難。
國號曰辰雖繼世，不能自立亦堪嘆。

【秦之亡人，避役入馬韓，韓割東界以與之，常用馬韓人爲主，不能自立。
或稱"秦韓"。統國十二，大國四五千家，小國六七百家。辰韓，今慶州，
後爲新羅地。】

其二十三

弁韓始祖不知何，北屬辰韓南接倭。
統國莫言皆十二！歸降畢竟在新羅。

【弁韓屬於辰韓，亦統十二國。後以其地降新羅。《記言》："三韓屬國，七
十八國。"】

其二十四

檀箕以後至三韓，傳世歷年古記殘。
區域亦疑無定說，我東文獻足心寒。

其二十五

三韓地域驗孤雲，復有陽村修史云。
北北南南差易曉，久菴辨說足徵文。

【《東國總目》：“我東，漢水限其南北。北則本三朝鮮之地，後爲四郡二
府，仍爲高句麗[7]所有。南則本三韓之地，後分爲新羅、百濟所有。而崔
孤雲以弁韓爲百濟，馬韓爲句麗；權陽村雖知馬韓之爲百濟，而不知句
麗之非弁韓。惟久菴韓百謙著[8]三韓辨說，所謂‘南自南，北自北’等語，可
爲斷案。”】

其二十六

逐準據城自謂英，侵降旁邑藉財兵。
傳及其孫無百歲，身戕國破理分明。

【漢惠元年，滿逐準，據王儉城，亦稱“朝鮮”。以兵威財力，侵降旁小邑，
地方數千里。】

---

7 高句麗：《東國歷代總目》(국립중앙도서관 일산古2100-12. 이하 동일)에는 “高
麗麗之”.

8 著：《東國歷代總目》에는 “所著”.

其二十七

右渠嗣位意眞驕，誘漢亡人又不朝。

況遮辰貢戕皇使，禍在眼前尙未料。

【漢武時，滿孫右渠誘納漢亡人，恃强不朝。又遮絶辰國朝貢之路。帝使
涉何譙諭之，右渠終不肯奉詔，襲殺何。】

其二十八

帝諮彘遂兵過江，將相謀同殺以降。

修德尙難小敵大，如渠那得保其邦？

【元封三年，帝遣荀彘、公孫遂征之。朝鮮將相等，殺右渠降。分其地爲
四郡。】

其二十九

地定朝鮮四郡羅，浪屯旣設又菟番。

分封將相通商旅，化變仁賢盜賊多。

【定朝鮮地爲樂浪、臨屯、玄菟、眞番四郡，分封朝鮮將相四人爲侯。於
是商旅往來，盜賊浸多，仁賢之化變矣。樂浪，治朝鮮縣，今平壤。臨屯，
卽濊國，治東暆縣，今江陵。玄菟，卽東沃沮地，治沃沮，今咸興。眞番，
治霅縣，卽遼東。】

其三十

始元天子改侯名，四郡分幷二府成。
平州東府雙都督，舊號朝鮮遂變更。
【漢昭始元五年，罷眞番郡，築遼東、玄菟城。後改置二府，以朝鮮舊地
平那、玄菟等郡爲平州都督府，以臨屯、樂浪等郡爲東府都督府。漢元
建昭二年，二府爲高句麗始祖所幷。】

其三十一

荒怪不經雜史書，明言天帝五龍車。
後日移都還夢帝，東扶餘自北扶餘。
【古記云："漢宣神爵三年四月八日，天帝降于訖[9]骨城，乘五龍車，立都
稱王。國號'北扶餘'，自稱名'解慕漱'。生子，名'夫[10]婁'，以解爲氏。後夫
婁之相阿蘭弗夢，天帝降謂移都東海之濱。國號'東扶餘'。"】

其三十二

桓雄慕漱摠荒唐，河伯天神又未詳。

9　訖：《三國遺事·紀異·北扶餘》에는 "訖升"，《魏書·高句麗傳》에는 "紇升"．
10　夫：《三國遺事·紀異·北扶餘》등에는 "扶"，이하 모든 "夫婁"의 "夫"는 동일함．

餘外杳茫奇怪事，置之稗說也無妨。

【古記云："昔有桓因庶子雄，降於太伯山頂神檀樹下。熊得女身，雄假化孕生子，曰'檀君'。"又云："解慕漱子夫妻，得金蛙爲太子。金蛙得一女子於太伯山南優浡[11]水，曰：'我是河伯之女，名柳花。'"感日影照身，生朱蒙。】

其三十三

楊山蘿井俯東川，白馬長嘶紫卵圓。
光彩繞身鳥獸舞，降生神異詎非天？

【朝鮮遺民分居東海濱爲六村，是爲辰韓六部。漢宣地節元年，六村長俱會閼川岸上。高墟村長蘇伐公，望見楊山下蘿井林間有異氣。一白馬長嘶上天，有一紫卵。剖得嬰兒，浴於東川[12]，身生光彩，鳥獸率舞。名"赫居世"。】

其三十四

代有辰韓不用兵，居西干號更分明。
卵似瓠時瓠謂朴，朴爲其姓赫爲名。

11　浡：《三國遺事》에는"渤"。
12　川：《三國遺事》에는"泉"。

【六部人以居世生神異，立爲君，年十三。號"居西干"，辰韓方言"王"也。
以其卵似瓠，方音謂"瓠"爲"朴"，故以朴爲姓。】

其三十五

人文風氣日駸駸，事迹年條漸可尋。
先標國號徐羅伐，居世之都卽始林。
【赫居世旣立，國號"徐羅[13]伐"。都始林，今慶州。】

其三十六

閼英井上見神龍，右脅女生有德容。
以井爲名仍立后，人稱二聖俗熙雍。
【龍見於閼英井，右脅生女，以井名名之。及長，有德容，赫居世立爲妃。
人稱"二聖"。】

其三十七

倭自其時已寇邊，聞王神德引軍旋。

---

13 羅：《三國史記》에는 "那"。

沃沮獻馬弁韓服，此事後來果孰肩？

【東沃沮獻良馬曰"聞南韓有聖人"云。弁韓以其國降。】

其三十八

夫婁轉石得金蛙，太白日光映柳花。
卵中忽出奇男子，七歲穿楊百不差。

【解夫婁老無子，祭山川求嗣。至鯤淵，見大石，使人轉之，有小兒金色
蛙形。喜而養之，名"金蛙"。得河伯女柳花於太白山南優渤水，爲日影所
照，有娠。生大卵，一男子破殼而出。七歲，自作弓矢，發無不中。扶餘
俗稱善射爲"朱蒙"，故名之。優渤水，在寧邊。】

其三十九

俗稱善射謂朱蒙，諸子胡爲讒乃翁？
從古才能多被忌，知幾逃難是英雄。

【金蛙七子忌朱蒙能，讒於蛙，母使避之。】

其四十

衲麻水藻曁烏伊，魚鼈成橋馬已馳。

卒本扶餘沸流上，國名初定高句麗。

【朱蒙乃與烏伊及麻衣、衲衣、水藻衣等逃去。欲渡無梁，魚鼈成橋。至卒本扶餘沸流水上，都焉，國號"高句麗"。仍姓高。沸流水，在成川。】

其四十一

松讓歸降滅荇人，挹婁北沃又皆淪。
高氏自初多異事，聲名勳業照千春。

【朱蒙十二即位，松讓國來降。伐荇人國，滅之；伐北沃沮及挹婁國，滅之。】

其四十二

金城新築瓠公來，遣弔馬韓恥幸災。
樂浪更似倭兵退，誰比羅王德量恢？

【新羅築京城，號"金城"。瓠公，本倭人，以瓠渡海而來。王遣聘馬韓，韓王責以事大之禮。瓠公不屈，韓王欲殺之，左右諫止。明年，韓王卒。或曰："韓王前辱我使，今因其喪，宜征之。"王曰："幸人之災，不仁。"遣使弔之。】

其四十三

東明留語出奔時，類利彈盆問母知。
石上有松七嶺谷，柱搜斷劍父逢兒。

【東明王朱蒙在東扶餘，娶禮氏，有娠。王既去，乃生類利，善彈丸。嘗
彈雀，誤中汲婦盆，婦罵以無父。類利歸問母，母曰：“汝父南奔時，語妾
曰‘有遺物，藏在七嶺七谷[14]石上松下。得此者，吾兒也’。”類利見礎石有
七稜，曰：“七嶺七谷者，七稜也；石上松者，柱也。”搜得斷劍。至卒本，
進王，王出所藏劍合之，遂爲嗣。】

其四十四

沸流溫祚亦蒙兒，類利承儲乃去之。
沸止彌鄒溫慰禮，得人擇地定爲誰？

【初，朱蒙逃難，至卒本扶餘，娶其王女，生二子，長曰“沸流”，次曰“溫
祚”。及類利爲太子，二人恐不容，與烏干、馬黎等十人南行。沸流欲居
海濱，十臣諫，不聽，居彌鄒忽。溫祚都河南慰禮城，以十臣爲輔。彌鄒
忽土濕水鹹，不得安居。來見慰禮人民安泰，慙悔而死。】

---

14 七嶺七谷：《三國史記》에는 “七稜”.

其四十五

慰禮定都仗十臣，國名十濟以斯因。
改稱百濟緣何事？百姓歸從取義新。

其四十六

西北築城徙漢山，威加靺鞨國斯安。
忍行不義還堪歎，陽獵潛師滅馬韓。

【漢哀建平二年，百濟徙都漢山，築城漢江西北。先是靺鞨圍慰禮城，王擊走之。時馬韓削弱，勢不能久，王陽出獵，潛師襲之，遂并其地。惟圓山、錦峴不下，新莽己巳，二城降，馬韓亡。】

其四十七

溫祚求容瑣尾初，輕將百里畀其居。
堪嗟養虎多貽患，箕祀千年遂忽諸。

【漢成癸卯，溫祚南來，求可居之地，馬韓割東北百里以畀之。】

其四十八

溫祚全循衛滿謀，孱孫再誤笑千秋。

後不懲前尋覆轍，當時將相有人不？

其四十九

婆那卵櫝異兒生，辰嫗開來驗鵲鳴。

吾東上世多奇迹，姓昔還將脫解名。

【多婆那國王娶女國王女，生大卵。女裏以帛置櫝中，浮海。至辰韓地，老嫗得之以來，時有鵲隨鳴。省"鵲"字，以昔為姓，以解櫝而出，名"脫解"。】

其五十

阿珍浦口釣漁兒，縱使賢英有孰知？

長女妻之官大輔，擢人能任蓋如斯。

【辰韓阿珍浦口，老嫗開櫝得兒，養之。業漁釣，養嫗。南解王聞其賢，以長公主妻之。仍為大輔，委以軍國政事。】

其五十一

太子解明賜劍年，瑠璃鷙忍自郊天。

彎折隣弓胡至死？應猜前日不從遷。

【句麗郊豕逸，王使託利、斯卑追，得之，斷其脚筋。王怒曰："祭天之牲，豈可傷也？"坑殺二人。王遷都，解明不肯從，留故都。黃龍國王贈強弓，解明對使彎折之，黃龍王慙。王遣人責其恃強力結怨隣國，乃賜劍死。】

其五十二

梁貊鮮卑削滅咸，遷都又築尉那巖。

可憐帶素輕相抗，自取他時草木芟。

【瑠璃王遷都國內，築尉那巖城。帶素，金蛙之子，嗣爲王。遣使讓句麗王，欲令禮事。後王攻殺之。尉那巖，今義州。】

其五十三

怪由可怪所由來，直斬餘王勢壯哉！

曷思奔立都頭服，數世而亡亦足哀。

【句麗王攻扶餘，有怪由者，長九尺，自言北溟人，請從。與餘兵戰，餘王馬躓，怪由直前，斬其王帶素。弟奔曷思水濱，立爲曷思王。至孫都頭，降句麗，東扶餘亡。】

其五十四

伐胡違命是瑠璃，斬將傳京凱莽師。
王降爲侯何足道？高句麗作下句麗。

【莽發句麗兵伐胡，句麗不從。莽怒，使嚴尤擊之。尤誘其將侯鄒[15]，斬
之，傳首京師。降封高句麗王，爲下句麗侯。】

其五十五

朴昔以年遺命存，子儒壻解兩相論。
想得當時交讓地，故將餠齒謾爲言。

【南解將薨，謂儒理及壻脫解曰：“吾死後，爾朴、昔二姓，以年長嗣位。”
及薨，儒理讓脫解，脫解曰：“吾聞聖智人多齒，試以餠噬之。”儒理齒理
多，乃立之，號“尼師今”。】

其五十六

居西干後次雄昌，無諡因名世混茫。
是號尼今何所取？方言齒理又稱王。

15　侯鄒：《三國史記》에는 “延丕”，《三國史節要》에는 “侯騊”，《三國志·魏志》에는
“侯騶”.

【赫居世號"居西干"，南解王號"次次雄"，儒理王號"尼師今"。方言齒理之稱，又稱"王"之辭。至實聖王，皆用此號。】

其五十七

被圍犒敵酒兼肴，又取池魚水草包。
敵知有水圍飜解，乙豆智謀邁斗筲。
【漢遼東太守伐句麗，王城守數旬。漢兵圍不解，左輔乙豆智曰："漢兵謂城中無水，宜取池魚包水草，以酒致犒。"於是漢將知有水，解圍歸。】

其五十八

蓋馬句荼暨樂浪，宣威行計摠無强。
遼兵退後還朝漢，自莽降侯始復王。
【句麗大武神王時，蓋馬、句荼兩國來降。王子好童遊沃沮，樂浪王妻以女。樂浪有鼓角，自鳴則敵兵至。好童將還，謂女曰："若入武庫，割鼓面角口，則我以禮迎之。"女如其言。好童勸王襲樂浪，遂殺女出降。王遣使朝漢，光武復其王號。】

其五十九

三臣黷貨廢爲民，敎素能令改過新。

後世偏私那有此？不知慙悔反尤人。

【句麗有仇都、逸苟、焚求[16]等三人爲部長，貪鄙黷貨。王廢爲庶人，以敎素代之。敎素作太[17]室，居之，使三人坐堂下。敎素曰：“過而能改，善莫大焉。”引坐爲友，三人慙悔，卒爲善人。王曰：“敎素賢能，服人改行。”以爲沸流部長，賜姓太[18]室氏。】

其六十

父聽母言母譖兒，前何愛也後何疑？

難將一死明心事，憐爾好童似伯奇。

【好童，句麗王庶子也。容貌美好，王愛之。王元妃恐奪嫡，譖好童無禮，王疑之。好童曰：“不可自說，彰母之惡，貽父之憂。”伏劍死。】

其六十一

六部改名賜姓皆，李崔鄭薛曁孫裴。

---

16 求：底本에는 “永”. 《三國史記》에 근거하여 수정.

17 太：《三國史記》에는 “大”.

18 太：《三國史記》에는 “大”.

一曲《會蘇》歌舞地，中秋百戲作嘉俳。

【新羅改六部之名，仍賜姓：以楊山部爲梁，姓李； 高墟部爲沙梁，姓崔； 大樹部爲漸梁，姓孫； 于珍部爲本彼，姓鄭； 加利部爲漢祇，姓裴； 明活部爲習比，姓薛。使王女二人率部內女子，自七月旣望績麻，八月十五日，考功多少，負者置酒食謝勝者。歌舞作百戲，謂之"嘉俳"。負家一女子起舞，歎曰："會蘇會蘇。"後人因而作歌，名《會蘇曲》。】

其六十二

龜峯脩禊[19]九干蹌，金合紫纓金卵黃。
首出姓金名首露，國名駕洛始爲王。

【駕洛有九干，曰"我刀干"、"汝刀干"、"彼刀干"、"五刀干"、"留水[20]干"、"留天干"、"神天干"、"五天干"、"神鬼干"，各爲酋長。禊[21]飲，望見龜旨峯有異氣。紫纓自天垂地，下有紅幅裹金合子。開視，有黃金卵六，圓如日。翌日，六男子剖殼而出，奇偉長大。衆異之，推其始生者爲主。首出，故稱"首露"； 出於金卵，故以金爲姓。國號"大駕洛"。駕洛，今金海。】

---

19 禊：底本에는 "禋". 《三國遺事》에 근거하여 수정.
20 水：底本에는 "以". 《三國遺事》에 근거하여 수정.
21 禊：底本에는 "禋". 《三國遺事》에 근거하여 수정.

其六十三

六卵合中似日華，化爲男子偉而姝。
推厥始生仍建國，五人各主五伽倻。

【其餘五人，各爲五伽倻主。曰"阿羅伽倻"，今咸安；曰"古寧伽倻"，今咸
昌；曰"大伽倻"，今高靈；曰"碧珍伽倻"，今星州；曰"小伽倻"，今固城。
碧珍，或曰"星山"。】

其六十四

我東古昔卵多生，居世朱蒙脫解幷。
曁茲首露尤奇怪，六殼纔開已長成。

其六十五

王妃許氏又如何？緋帆茜旗越海波。
九子二人從母姓，至今金海許金多。

【許氏自海西南，挂緋帆張茜旗而至，曰："妾是阿隃陀國公主也。姓許，
名黃玉，年二八。"是爲皇玉夫人，亦曰"普州太后"。或曰"南天竺國王
女"，或曰"西域許國君女"。亦曰："許黃之國，記其先君之命，曰'東方有
駕洛元君，得女爲配'，浮海而至云。"生九子，二子從母姓，今之金海金
氏、許氏是也。】

其六十六

居登嗣位混蒙開，七點山人應召來。
幾箇眞賢同贊化？只聞始作招賢臺。

【首露卒，子居登立。召七點山人品始，作招賢臺。】

其六十七

坐知明斷孰能班？初嬖女傭舞衆姦。
解拇絲開元道諫，一朝割愛擯荷山。

【居登傳麻品、居叱彌、伊尸品。至坐知，得傭女嬖之，女黨用事，國大亂。其臣元道諫："筮之，得《解》。《解》之絲曰'解而拇，朋至斯孚'。"坐知謝之。擯女于荷山，國以治强。】

其六十八

解憂被弑豈無因？坐臥藉人射諫臣。
從古暴君多及禍，如何後世又忘身？

【句麗王解憂暴戾不仁，坐必藉人，臥必枕之。人或動搖，輒殺之；有諫者，射之，民怨天怒。杜魯慮禍及己，弑之。】

其六十九

脫解旣賢儒理賢，昔能讓國又今然。
謂子不才稱父命，紛紛爭奪獨何偏？

【脫解讓儒理。儒理不豫，曰：“脫解，身聯國戚，屢著功名。朕之二子不才，且有先君之命，吾死，宜立脫解。”】

其七十

樹梢櫝挂白鷄音，兒在櫝中櫝色金。
閼智爲名金作姓，始林初改號鷄林。

【脫解夜聞金城西始林間有鷄聲。遲明，遣瓠公視之，有金色小櫝挂樹梢，白鷄鳴於下。開櫝，有小兒姿貌奇偉。王喜曰：“天祚我以胤。”名“閼智”。閼智，方言“小兒”之稱。出於金櫝，故姓金。改始林爲鷄林，因以爲國號。】

其七十一

壻前壻後摠私心，三姓相傳朴昔金。
貽謀非禪亦非繼，錯亂規模絕古今。

其七十二

恭儉務農又衉災，婆娑御國亦賢哉。
月城移後呑音汁，悉直旣降押督來。

【婆娑王勸農桑，務恭儉。大水民飢，發使十道，開倉賑之。蝗害穀，遍
祭山川祈之，蝗滅有年。築月城，移居。滅音汁伐國，悉直、押督二國來
降。音汁伐，今慶州，屬安康縣。悉直，今三陟。押督，今慶山。】

其七十三

句麗遂成儘鷙雄，玄菟旣破又遼東。
鮮卑更助侵遼隊[22]，蔡諷空虧大漢風。

【漢安建光元年，幽州刺史馮[23]煥、玄菟太守姚光、遼東太守蔡諷等侵
句麗。王遣弟遂成攻玄菟、遼東，焚其城郭。又與鮮卑侵遼隊縣，諷戰
敗死。】

其七十四

豹呑虎尾夢頗詳，況彼遂成反計彰。

22 隊：《三國志·魏志》에는 "隧". 이하 모든 "遼隊"의 "隊"는 동일함.
23 馮：底本에는 "馬".《三國史記·高句麗本紀·太祖大王》및《後漢書·東夷傳》에
　　근거하여 수정.

如何退老禪其位，不聽忠言高福章？

【句麗王夢豹斷虎尾。卜之，曰："王之族類，殆有謀絕王之後。"遂成出
獵，曰："王老，我且老，不可坐待。願爲我計之。"左右曰："唯命。"右輔
高福章言於王曰："遂成將反，請誅之。"王不從，乃禪位於遂成。福章
曰："遂成忍而不仁，今日受禪，明日害王子孫。"王不聽，退老別宮，稱
爲"太祖大王"。】

其七十五

果驗遂成忍不仁，福章被殺在元春。
前王二子皆隨殄，如此那無禍及身？

【遂成既立，殺福章。又殺太祖元子莫勤，其弟莫德恐被誅，自縊死。】

其七十六

烏郎烏女以巖奔，綃祭能還兩曜魂。
竹嶺路開迎日縣，事雖怪誕迹猶存。

【東海濱，有迎烏郎、細烏女夫婦而居。一日，有一巖負二人，浮海歸日
本。自是新羅日月無光。日者云："日月之精，今去日本。"王遣使求二
人，迎烏曰："朕妃有所織細綃，以此祭天，可矣。"仍賜其綃。使還，祭
之，日月如舊。名其祭天所，曰"迎日縣"。開竹嶺路。】

其七十七

因民不忍距河窮，弒主答夫迹又同。
多行自及昭天理，暴橫由來鮮令終。

【明臨答夫因民不忍，弒其君遂成。】

其七十八

遂成無道禍潛招，伯固遯山迹遠超。
迎立當時差可意，以心三讓始臨朝。

【遂成弟伯固見遂成無道，恐禍及己，遯于山谷。遂成見弒，群臣迎立伯
固，三讓而後卽位。】

其七十九

鄒安逃難自歸窮，讓國君封是至公。
獨恨不能誅逆答，反超輔相似酬功。

【答夫之難，遂成太子鄒安逃竄山谷，伯固立，乃詣闕請罪。王封爲讓國
君，以答夫爲國相。】

其八十

淫暴蓋婁似犬鷄，曜都彌目誘其妻。
飾婢以欺還入月，奔隣烈節竟相携。

【百濟王蓋婁聞都彌妻美，留都彌，抵其家，欲私之。妻請更衣，飾一婢
薦之。王後知見欺，大怒。誣都彌以罪，曜其兩目，置小船，泛之河。更
引其妻，欲亂之，妻曰："今則良人已逝，敢爲王辭？但今有月事，請俟他
日。"王從之。妻逃，至江口，遇行船。至泊泉[24]島，其夫在此，遂同奔句
麗。】

其八十一

耿臨難敵答夫鋒，匹馬無還絕警烽。
功雖可紀何能贖？弑逆當時罪不容。

【漢玄菟太守耿臨伐句麗，答夫請堅守以待。漢兵飢困引還，答夫追擊，
大破之，匹馬不返。】

其八十二

有若伐休可謂君，前知水旱占風雲。

24　泊泉：《三國史記》·《東國史略》·《東史綱目》에는 "泉城".

更分邪正人稱聖，威武非徒滅召文。

【新羅伐休王占風雲，豫知水旱豐儉。又能知人邪正，人謂之"聖"。召文國，今義城。】

其八十三

知人則哲帝其難，男武爲君儘可觀。
左慮旣誅巴素相，聖讒委任萬民安。

【句麗權臣左可慮謀反，伏誅。聘處士乙巴素爲相，宗戚大臣皆疾之。王曰："不從國相者，族。"巴素感知遇，明政敎，愼賞罰，人民以安。】

其八十四

巴素躬耕鴨綠[25]山，非艱其薦用惟艱。
晏留更受進賢賞，寬猛得中明庶頑。

【乙巴素隱居鴨綠山谷中，東部[26]晏留薦之，王用巴素爲相，遂賞晏留。史稱"男武"，"寬猛得中"。】

25 綠：《三國史記》에는"淥".
26 部：底本에는"都".《三國史記》에 근거하여 수정.

其八十五

傭養值荒哭感王，引辜厚賜德彌光。

方春賑貸冬還納，制法推仁永作常。

【句麗王出見哭者。問之，曰："傭力養母，今年不登，無以傭，故哭。"王
曰："孤之罪也。"厚賜之。仍出官穀，賑貸百姓，稱家口多少，至冬還輸，
以爲恒式。】

其八十六

于氏狂奔詎識羞？發歧不聽立延優。

兄之后作弟之后，行若獸禽亦可醜。

【句麗故國川王薨，后于氏秘不發喪，夜往王弟發歧第。曰："王無後，子
宜嗣之。"發歧責曰："婦人夜行，禮乎？"后慙。往發歧弟延優第，遂與入
宮。翌日，矯命立之。以于氏爲后。】

其八十七

歧請遼兵致討嚴，與優不敵竟身殲。

聲罪固宜王及后，以兄伐弟可無嫌？

【發歧奔遼東，乞兵於公孫度，討延優，不克自殺。】

其八十八

豕逸酒村遇美娘，子名郊彘豫呈祥。
彼于縱妒何能殺？小后腹中異日王。

【延優無子。適有郊豕逸，掌者追。至酒桶村，有一美少女，遇豕執之。王異之，微行，幸其女。于后妒，遣兵士殺之。女曰：「妾有娠，殺王子可乎？」兵士不敢害。後生男，命名「郊彘」。立其女爲小后。】

其八十九

尉巖遷後又丸都，平壤東黃更各殊。
想得句麗七百歲，只將移徙作規模。

【瑠璃王，遷尉那巖；山上王，移丸都；東川王，移平壤；故國原王，又移丸都，又移東黃城；長壽王，又移平壤；平原王，移長安城。】

其九十

伐淵助魏殺吳人，謂爾只曾與魏親。
如何不防毌丘儉？兵陷丸都殄萬民。

【句麗東川王與魏連和，吳遣使求和。王斬其使，傳首於魏。又遣將助魏，伐公孫淵。後，魏幽州刺史毌丘儉攻陷丸都，死者萬八千餘人。王奔南沃沮。】

其九十一

奔踰竹嶺魏兵摐，賴有紐由詐請降。
藏刀刺將仍俱死，不爾那能保厥邦？

【東川王奔踰竹嶺，至南沃沮。魏軍追不止，東部紐由詐降魏營，藏刀食器，刺殺魏將，與之俱死。魏軍亂，王急擊破之，復國。】

其九十二

截鬣覆羹摠泰然，寬仁天性有東川。
試看柴原多自殉，千秋此事果誰肩？

【東川王天性寬仁。后欲試之，候王出，截路馬鬣。王還曰："馬無鬣，可憐。"又令進食，陽覆羹於衣，亦不怒。及薨，國人莫不哀傷，有自殺以殉者甚多。國人伐柴覆其屍，名其地曰"柴原"。】

其九十三

于老燒薪善撫軍，甘文沙伐摠收勳。
如何爨婢鹽奴語，輕惹倭兵反被焚？

【于老，新羅相。嘗出戰，天寒，躬行勞問，手燒薪煖之，士卒如挾纊。滅甘文國、沙梁伐[27]國。倭使葛耶古來聘，于老儐之，戲言"早晚以汝王爲鹽奴，王妃爲爨婢"。倭主怒，入寇。于老以由己致寇，赴倭軍曰："前日

之言，戲之耳。豈意興師至此？”倭執而燒殺之，乃去。】

其九十四

于老有妻善復讎，請倭私饗醉而劉。
火攻還用火攻報，幾箇男兒盡包羞。

【昔于老死後，倭使來。于老妻請王私饗，乘其醉，焚殺之。】

其九十五

中川后妬巧如簧，反啓貫那讒舌長。
汝要入海還投海，明斷千秋一革囊。

【句麗中川王愛貫那，髮長九尺。將立爲小后，王后椽氏言於王曰：“聞西
魏求長髮購千金。今進長髮美人，則彼必欣納，不復侵伐。”王默然。貫
那懼，反讒后於王。王出獵還，貫那將革囊迎哭，曰：“后欲以此盛妾投
海，願賜微命返家。”王知其詐，怒曰：“汝要入海乎？”遂盛革囊，投之西
海。】

27 梁伐：底本에는 “伐梁”. 《三國史記》에 근거하여 수정.

其九十六

溫祚以來鮮有眞，起余古爾政維新。
官制改成贓法立，徵贓三倍錮終身。
【百濟古爾王置佐平六官。又置達率等十六品，定其服色。立犯贓法，徵
贓三倍，禁錮終身。】

其九十七

肅愼侵邊困戰爭，雄才達賈事橫行。
檀盧旣拔徙民戶，安國君封身作城。
【句麗王患肅愼侵邊，遣弟達賈伐之，拔檀盧城，徙六百餘家於扶餘。封
達賈爲安國君。】

其九十八

逸友不才素勃均，出言則悖戲遊因。
弟誠有罪非謀逆，何至一朝殺二人？
【句麗王二弟逸友、素勃，稱病往溫湯[28]，戲樂無節，出言悖逆。王僞拜
相召之，執殺之。】

28 湯：底本에는 "陽"，《三國史記》에 근거하여 수정.

其九十九

陰猜達賈有鴻功，咄固異心亦是空。

殺叔不饜兼殺弟，相夫恣暴詎能終？

【達賈有大功，國人倚重，烽上王忌而殺之。又謂弟咄固有異心，賜死。
國人知其無罪，涕泣相弔。】

其一百

殺弟西川貽厥謀，國人涕泣獨心休。

乙弗遯荒求不得，于天自絕竟誰尤？

【烽上，西川之子。咄固子乙弗遯於野，王求殺之不得。】

其一百一

伊西勢急攻金城，竹葉珥來有異兵。

破賊助羅仍不見，味鄒陵下迹分明。

【伊西古國攻新羅金城甚急。王禦之，忽有異兵大至，皆珥竹葉，助羅軍
擊破之，因忽不見。人見竹葉數萬積於味鄒王陵前。國人謂味鄒陰助，
號其陵曰"竹長陵"。】

其一百二

難將儒禮比周隆，虞芮開田有古風。
印觀署調投綿穀，此世能全上帝衷。
【印觀賣綿²⁹於市，署調以穀買之而還。鳶攬綿墮，印觀還署調。署調不
受，印觀欲還其穀，亦不受，并棄於市。儒禮王聞之，爵二人。】

其一百三

民飢相食大修宮，助利廷爭馬耳風。
幽廢自經誰怨咎？販傭乙弗位還崇。
【句麗民飢相食，王大發國內男女，治宮室。國相倉助利極諫，不聽。助
利廢王，幽於別室。王自經，乃迎立乙弗。】

其一百四

新羅劍舞黃昌郎，百濟市中似堵墻。
爲父報仇寧畏死？只期一刺汾西王。
【新羅黃昌郎舞劍於百濟市中，觀者如堵。王召命升堂舞，昌郎因刺王。
蓋其父死於百濟故也，而史言樂浪太守遣刺客，未詳。】

---

29 綿：《增補文獻備考》에는 "帛".

其一百五

訖解和倭良可噫，和之不足又婚之。

而忘倭寇殺而父？昔氏至玆絕祀宜。

【倭請婚，訖解王以阿飡急利女送之。王薨，無嗣，昔氏之祀遂絕。】

其一百六

崔毖於麗作禍根，初行陰說又來奔。

數侵燕境成何事？自取他時虎口吞。

【晉平州刺史崔毖，陰說句麗及段氏、宇文氏，使共攻慕容廆。廆閉門自守，獨以牛酒犒宇文氏。二國疑之，引兵歸。廆使其子皝擊敗宇文氏，使謂毖曰：「降者上策，走者下策。」引兵隨之，毖棄家奔句麗。】

其一百七

一朝燕皝破丸都，王走宮燒鐵騎驅。

有母有妃俱被虜，更開父墓載尸俱。

【燕王皝攻陷句麗王京，王出奔。燕軍獲王母周氏及王妃，招王，王不從。皝發美川王墓，載其尸，燒宮室，毀都城而還。】

其一百八

遣弟朝燕貢異珍，修誠納質拜稱臣。

次第僅能迎父母，何如初不挑强隣？

【句麗王遣弟朝燕稱臣，貢珍異以千數，乃還其父屍，猶留其母爲質。後，又遣使納質修貢，請其母，燕王儁許之。】

其一百九

奈勿宮中母與妃，味鄒王女竝同歸。

羅朝家行眞禽獸，御世何論政是非？

【新羅王母與妃，皆味鄒女也。】

其一百十

羅王奈勿亦能軍，草偶吐含乍作群。

勇士千人騰斧峴，殲倭此日奏奇勳。

【倭兵大至，奈勿王造草偶人數千，持兵列吐含山下，伏勇士一千於斧峴。倭恃衆直進，伏發掩擊，殺之幾盡。】

其一百十一

稱臣燕國豈其眞？積怨深羞閱幾春？
彼評看作奔依所，反被麗王執送秦。

【秦王猛伐燕破之，太傅慕容評奔句麗。王執送於秦。】

其一百十二

浮屠順道自秦堅，佛像佛經又雜然。
我東竺教從茲始，禍首獸林亦是天。

【小獸林王二年，秦王苻堅送浮屠順道及佛像、佛經。句麗佛法始此。】

其一百十三

百濟開邦四百秋，初無文字但戈矛。
高興博士肇《書記》，近肖古王有嘉猷。

【百濟以高興爲博士。自開國以來，未有文字，至是始有《書記》。】

其一百十四

佛法初行見所欽，建崇太學更何心？

得非天欲存吾道，暗裏誘夷小獸林？

【佛法始行之年，立太學，敎子弟。】

其一百十五

麗拒濟攻矢及薨，丘夫師爲復讎興。
兵連禍結殊無已，只是生民最可矜。

【百濟王攻平壤城，句麗王釗拒之，中流矢薨。子丘夫立，攻百濟北邊。
將大舉以報，年飢，乃止。至廣開土王，思報先王之讎，連攻百濟，取漢
北諸郡。兩國互相攻伐，連歲不已。】

其一百十六

秦送浮屠晉胡僧，麗行佛敎濟尤增。
摩羅有甚神奇事，迎致宮中禮敬仍？

【百濟枕流王遣使朝晉。胡僧摩羅難陀至自晉，王迎致宮內，禮敬焉。百
濟佛法始此。】

其一百十七

辰斯卽位太猖狂，異卉奇禽又外荒。

丁民築防承秦弊，宮室陂池學紂亡。

【百濟辰斯王獵於狗原七日。治宮室，穿池造山，植異卉，養奇禽。大發
丁壯，設關防。】

其一百十八

難陁迎禮枕流昏，及至辰斯不可言。
狗原長獵狗原死，魂魄猶應樂狗原。

其一百十九

偉雄談德善將兵，志復先讎拔濟城。
禮慢更爲燕盛破，始知師直事隨成。

【燕王盛以句麗遣使而禮慢，自將攻拔二城，拓地七百餘里，徙其民五千
餘戶。】

其一百二十

思恢關彌反輿尸，欲雪浿羞更喪師。
兵忿無名那不敗？ 奔羅百姓謾相隨。

【百濟王憤關彌城爲句麗所有，伐麗。戰於浿水上，大敗，死者八千人。

又欲雪淇水之恥，大舉者再，而皆不利還。明年，又大徵發，百姓怨之，
多奔新羅。】

其一百二十一

太子質倭濟主殂，善乎訓解攝而須。
碟禮弒兄還自立，悖兇那免國人誅？

【百濟阿莘王薨。太子腆支質倭，不還，仲弟訓解攝國政，以待太子之還。
季弟碟禮殺訓解自立。腆支聞王訃還，至國界聞變，入海島。國人殺碟
禮，迎立腆支。】

其一百二十二

王將實聖質句麗，實聖爲君欲報之。
質其二子斯猶過，底事又要害訥祇？

【新羅奈勿王以實聖質句麗，實聖怨之。及爲王，欲害其子以報之。旣遣
其子未斯欣質倭，又質卜好於句麗，又謀殺訥祇。卜好，未斯欣之兄。訥
祇，卜好之兄。】

其一百二十三

疾之已甚亂斯生，彼訥安能坐待烹？
謀泄弒王仍自立，苟求其本自王成。

其一百二十四

馬騰赭白晉朝通，封以樂浪謂郡公。
蓋自句麗長壽始，受官中國至今同。
【句麗長壽王遣使如晉，獻赭白馬。晉封王爲樂浪[30]郡公。】

其一百二十五

對馬島中倭置營，羅王欲擊未斯爭。
爲患我邦終不已，誰能跨海斬長鯨？
【實聖王聞倭置營于對馬島，鍊兵峙糧，將欲來襲。議先擊之，未斯品諫
而止。】

30 浪：《三國史記》에는 "安".

其一百二十六

尼師今號是何官? 至訥又言摩立干。
慈悲炤智皆因襲, 智證稱王始可觀。
【新羅訥祇王始號"摩立干", 方言稱"王"之辭。至炤智王, 皆用此號。智證
王始稱"王"。】

其一百二十七

堤上盡忠爲訥祇, 千秋責備豈無辭?
試看弑君兼篡國, 恐非君子致身時。

其一百二十八

只欲慰君思弟憂, 初非危急存亡秋。
可惜當時昧大義, 空傳忠烈歃良州。
【王思見卜好, 聞歃良州干朴堤上勇而有謀, 遣往句麗。】

其一百二十九

義說句麗計紿倭, 其如必欲殺身何?

熱鐵刈蕣甘似蜜，燒魂應自返新羅。

【堤上說句麗王，與卜好歸。又遣堤上於倭，謀還未斯欣。堤上曰："倭難諭以義，僞得罪，可紿而歸。"乃往紿，先送未斯欣還。倭主怒，縛堤上使稱臣。堤上不屈，倭主剝其脚，刈蕣葭，使趣其上。又使立熱鐵之上，問："何國臣？"曰："鷄林之臣。"遂燒殺之。王贈大阿湌，使未斯欣娶其女。】

其一百三十

鵄述嶺頭堤上妻，南望倭國海波迷。
哭聲直與魂俱絕，神母祠前夜雨凄。

【堤上妻率其三女，上鵄述嶺，望倭國痛哭而死。國人立祠以祀之，命曰"神母祠"。】

其一百三十一

遼東開國魏緫封，車騎將軍宋策重。
未知當日句麗王，魏爵宋官曷所從。

【長壽王遣使朝魏，魏封爲遼東郡開國公。又朝宋，宋策爲車騎大將軍。】

其一百三十二

養老初行執饋儀，惠均穀帛軫寒飢。
牛車更肇羅朝教，市肆驛郵次第施。

【訥祇王行養老禮，執饋以養，賜穀帛，始用牛車。炤智王初置四方郵驛，
置市肆，通四方百貨。】

其一百三十三

倭逼金城自解歸，訥祇輕騎被重圍。
忿兵深入渠應敗，陰霧偶然似助威。

【倭圍王數重，忽昏霧四塞。倭以爲有陰助，乃解去。】

其一百三十四

慈悲初立又倭搶，積恨驅來襲歃良。
挑隣致寇元非計，縱使有功幸不亡。

【倭攻歃良州[31]，王命伐[32]智、德智，大破之。】

---

31 歃良州：《三國史記》에는 "欿良城"，《東史綱目》에는 "歃良城".
32 伐：底本에는 "代"，《三國史記》·《東國歷代總目》에 근거하여 수정.

其一百三十五

奈勿貽謨良可歆，慈悲繼述瀆宮闈。
家法已成恬不愧，未斯欣女納爲妃。

【未斯欣，王季父也。】

其一百三十六

濟主好棋不好賢，道琳行計以棋先。
若使無間人可入，彼雖千百亦何緣？

【句麗長壽王慕，浮屠道琳僞得罪，亡入百濟。聞王好博奕，以棋見昵，乃說王高宮室、大園囿，作石槨更先王葬，烝土築城，緣河樹堰，倉庾虛竭，人民窮困。】

其一百三十七

禿琳全襲蘇秦謀，弊濟爲麗僞罪投。
大囿高宮兼石槨，當時亦有諫臣不？

其一百三十八

雲臺河堰壯城池，倉竭國空百姓離。
昏愚自樂危亡禍，及至被兵悔曷追。

其一百三十九

民怨城圍可奈何？其王被殺子奔羅。
國破乞兵嗟晚矣，不如修德保山河。

【濟王既疲敝其民，句麗王乃率三萬兵伐之，圍王都。濟王謂子文周曰：
"汝宜避亂，以存宗社。"文周乞兵新羅。王以數十騎遁去，爲桀婁、萬年
等縛送殺之。】

其一百四十

地利人和驗聖謨，熊津何事遽遷都？
文周莫喜耽羅貢，薪膽應須戒戲娛。

【文周自新羅還，城破麗兵退。遂卽位，移都熊津。耽羅國獻方物。】

其一百四十一

解仇爲佐却專權，主弱臣强勢倒懸。
跋扈由來多弒逆，況君從獸又流連？

【佐平解仇擅權，王不能制。出獵宿於外，解仇使盜弒之。】

其一百四十二

解仇應侮小三斤，敢據豆城擁大軍。
命將出師誅叛逆，猶爲征伐自其君。

【三斤立，年十二。解仇聚衆，據大豆城反。三斤命德率眞老，討誅之。】

其一百四十三

百結先生世謾名，榮期千古作先生。
瘦妻莫羨隣舂粟，三尺玄琴亦杵聲。

【新羅有人甚貧，衣百結，人號“百結先生”。慕榮啓期，常以琴自隨。歲暮，隣里舂粟，其妻歎之。先生乃鼓琴，作杵聲以慰之，世傳爲“碓樂”。】

其一百四十四

驃騎將軍爵自甘，虛勞麗使北兼南。
外交篡賊那無責？事魏事齊本二三。
【齊策句麗王驃騎大將軍。王遣餘奴等報謝，魏人於海中，得餘奴獻魏。
魏主詔責曰：“道成弒君竊位，朕方欲興滅繼絕，而卿外交篡賊，豈藩臣
之義？】

其一百四十五

先務正家謨可貽，修齊自是本平治。
羅朝內行同禽獸，何怪王妃有外私？

其一百四十六

三國當時佛是崇，羅朝酷好最成風。
若斥焚修嚴內外，何由內殿得潛通？

其一百四十七

烏鳴啞啞果誰因？口裏銜書似有神。

若非入射宮琴匣，幾致二人殺一人。

【正月十五日，炤智王幸天泉亭。有烏銜書來鳴，書外面云："開見，二人死；不開，一人死。"日官曰："一人者，王也。"開視，云："射琴匣。"王入宮，射之，乃內殿焚修僧與王妃潛通者也。妃與僧皆伏誅。自是國俗每歲是日，以糯飯祭烏。】

其一百四十八

一人不死二人誅，書報危機功獨殊。
每歲月正十五日，俗成糯飯祭飛烏。

其一百四十九

報日祭烏愼日禳，馬龍猪鼠各祈祥。
獨怪不知監戒義，千秋覆轍每相望。

【立報日，以正月十五日祭烏。立愼日，以龍致雨、馬服勞、豕鼠耗百穀，每正歲，各以其辰祈禳，禁百事。】

其一百五十

羅雲新繼壽王邦，威未加隣德未厖。

不知當日扶餘主，何事公然以國降。

【長壽王薨，孫文咨王羅雲立。扶餘王以國降句麗。】

其一百五十一

牟大新臨國薦瘥，流亡相屬入麗羅。
臣請發倉渾不聽，棄民資敵欲如何？

【百濟東城王牟大立。大飢，盜賊多起，流民入羅者六百家，入麗者二千。
群臣請發倉賑救，不聽。】

其一百五十二

閣起臨流五丈森，穿池置囿養奇禽。
諫臣抗疏皆無報，恐有復來閉戶深。

【東城王起臨流閣，高五丈。諫臣抗疏，不報，恐有復諫者，閉宮門。】

其一百五十三

泗沘西原樂未休，奸臣復售弑君謀。
文周好獵傳牟大，無怪苩[33]加繼解仇。

【東城王畋於泗沘西原，宿村舍。苩加使人弑之。】

其一百五十四

武寧能邃復讎心，弑逆理應伏斧砧。

大豆解仇宜可戒，苩加胡復據加林？

【武寧王立。苩加據加林叛，王討之。加出降，斬之。】

其一百五十五

女第微行行已差，白龍魚服戒宜加。

諫臣朝著知多少？不及路傍一老婆。

【新羅炤智王幸捺已郡，郡人波路獻其女碧花。後，屢至其第，幸之。路見老嫗，問曰："國人以王爲何如主？" 嫗曰："衆以爲聖，妾獨疑之。王幸波路女，微服而行，龍爲魚服，漁者制之。王不自愼重，此而爲聖，孰非聖乎？" 王大慙，潛逆其女，納宮中。】

其一百五十六

新羅定號始稱王，舟楫牛耕制服喪。

最是勸農禁殉葬，行仁智證德彌光。

【智證王立，始定國號 "新羅"，稱王。前此，君薨，殉以男女各五人，至是

禁之。分命州郡勤農，始用牛耕。制喪服法，制舟楫之利。】

其一百五十七

義取日新又網羅，儀文制度足堪詫。
更定國中州郡縣，藏冰不獨導時和。

【新者，德業日新；羅者，網羅四方。】

其一百五十八

奇功獨任異斯夫，險若于山土貢輸。
誰知船上木獅子，勝似三千鐵騎屠？

【于山國在溟州東海島，一名"鬱陵"，地方百里。恃險不服，伊湌異斯夫
以木造獅子載戰船，抵其島，誑之曰："若不服，即放此獸，踏殺之。"國
人懼，乃降納土貢。】

其一百五十九

小伽倻滅鬱陵降，以計威之敵自慴。
智證用人能若此，不然何得服遐邦？

【異斯夫又取小伽倻國。】

其一百六十

智證以前但名玆，新羅謚法始於斯。
更頒律令修官制，服色分明七等儀。

【王薨，謚"智證"，謚法始此。法興王立，頒律令，立官制，定服色七等。】

其一百六十一

墨胡療病訥祗奇，阿道亦來炤智時。
逮至法興興佛法，蕭梁教化又遙馳。

【訥祗王時，沙門墨胡子自句麗至。時，王女病革，胡子焚香祝禱，病愈。
王神異之。炤智王時，有僧阿道者與其徒來，留讀經律，往往有崇奉者。
至是大興佛教，遣使通梁，於是佛法始行。】

其一百六十二

下令禁屠大亂眞，諫爭空苦滿廷臣。
先王至化難成俗，異教如何易惑人？

【群臣皆曰："浮屠其言詭異，從其法[34]，恐有後悔。"王不聽，下令禁屠
殺。】

---

34 從其法：《三國史記》에는 "今若縱之".

其一百六十三

仇衡一夕服羅王，首露業殘駕洛亡。
龜峯異氣尋何處？倏忽十君五百霜。

【駕洛國王金仇衡降新羅，駕洛亡，凡十王四百九十一年。】

其一百六十四

中原分裂法興承，年號建元始自稱。
受冊往朝仍不絶，未知於禮果有徵？

【自國初行中國年號，至法興王，因中國分裂，始建年號曰"建元"。】

其一百六十五

童男只是選儀容，善士爲徒勵孝忠。
頗怪號稱風月主，攝臨太后意何從？

【眞興王立，年七歲。太后攝政，選童男容儀端正者，號"風月主"，求善士
爲徒，以勵孝悌忠信。】

其一百六十六

降城滅國異斯斯，兵部治兵舍爾誰？
文學請招修《國史》，始知不獨將才奇。

【以異斯夫爲兵部令，治兵事。異斯夫言於王，命大阿湌居漆夫，招文學，
修《國史》。】

其一百六十七

廣開佛刹治規成，許度僧尼舉國傾。
舍利送來梁有使，興輪寺下百官迎。

【眞興王五年，創興輪寺，度人爲僧尼，廣興佛利。梁遣使送佛舍利，王
使百官迎於興輪寺。】

其一百六十八

僧統傲然百座加，爭奔講會聽無譁。
居漆莫誇取十郡，携來惠亮禍邦家。

【居漆夫伐取句麗十郡。法師惠亮率其徒，與之俱來，新羅王以爲僧統。
始置百座講會，立八關法。】

其一百六十九

輪燈四面列香燈，百戲綵棚歌舞仍。
每歲闕庭冬仲月，八關設法會群僧。

【眞興王設八關會。其法：每歲仲冬，會僧徒闕庭，置輪燈一座，列香燈
四傍。又結兩綵棚，呈百戲歌舞以祈福。】

其一百七十

伽倻政亂樂師逃，十二絃琴淸且高。
國原羅館爭傳學，更徙小京六部豪。

【伽倻樂師于勒知國將亂，携樂器，投新羅。王置之國原，命法知[35]、階
古、萬德等，傳伽倻十二曲。于勒作十二絃琴，又作玄琴。於是徙貴戚大
姓、六部豪傑於國原，以爲小京。國原，今忠州。】

其一百七十一

濟主移都泗沘於，初新國號南扶餘。
東城被弑曾斯地，忍復盤遊作邑居。

---

35 法知：저본에는 "知法".《三國史記》에 근거하여 수정.

其一百七十二

怨羅不共伐句麗，自將伐羅反輿尸。
兵出無名宜見殺，隻輪未返孰憐悲？
【百濟聖王明禯[36]攻新羅，爲軍主金武力所殺，匹馬無返者。】

其一百七十三

羅將異夫滅國多，小伽倻又大伽倻。
可是多含年十六，策功受賞不留家。
【異斯夫又滅大伽倻。時，斯多含者年十六，領其徒千餘人，請從軍，遂
滅其國。策功含爲最。王賞以良田及所虜三百口，含分其田與戰士，生
口放爲良人，無一留者，國人美之。】

其一百七十四

皇龍寺壯入靑雲，丈六像成屹不群。
括盡民財罷國力，鑄鐘三萬五千斤。
【新羅作皇龍寺。鑄丈六像，鑄鐘，重三萬五千斤。】

---

36 禯：저본에는 "禮"，《三國史記》에는 근거하여 수정，《東國歷代總目》에는
"禯"．

其一百七十五

白雲舊約在心明，際厚不忘女道貞。
殺俠奪還賴金闡，三人賜爵壽芳名。

【新羅有二達官同里，一時生男女，男曰"白雲"，女曰"際厚"，約爲婚媾。
白雲十五而盲，際厚父母欲改聘于茂榛太守李佼平。際厚語白雲曰："違
命則爲不孝，歸茂榛則死生在我，子其待我於茂榛。"既歸，紿佼平，請
涓吉爲禮。白雲尋至茂榛，際厚出從潛行山谷，忽爲俠客所掠去。白雲
之徒金闡，善騎射，追殺俠客，奪際厚以還。王聞而嘉之，各賞爵三級。】

其一百七十六

美男粧飾號花郎，邪正群遊久自彰。
觀人擇用雖爲善，必也公心以激揚。

【新羅君臣患無以知人，欲使類聚群遊，觀其行義。取美男子，粧飾之，
名"花郎"。或道義相磨，或歌樂相悅，歲月既久，邪正自見，擇而用之。】

其一百七十七

眞興剃髮被僧衣，自號法雲妃亦尼。
從古縱多佞佛辟，未聞狂妄至於斯。

【王惟謹奉佛，晚年剃髮僧衣，自號"法雲"。王妃亦爲尼。】

其一百七十八

匡君每戒外禽荒，王不聽臣臣不忘。
尸諫今將以墓諫，故令身後瘞途傍。

【新羅眞平王好獵，伊飡金后稷切諫，不聽。將死，謂子曰："吾不能匡君
過，瘞我於田獵之途。"他日，王出畋，中路若有聲曰"王毋去"。王驚問
之，泣曰："生而諫，死而不忘。其愛我深矣！"終身不復獵。】

其一百七十九

依舊出畋莫敢爭，生前苦諫墓中聲。
泣稱忠愛飜然改，誰似眞平日月更？

其一百八十

幼時教命尚依依，惟恐平生節行違。
父王莫道前言戲，溫達雖貧我所歸。

【句麗貧民溫達，容貌龍鍾，乞食養母，時人目以"愚溫達"。平原王有少
女好啼，王戲喝曰："汝長，必嫁愚溫達。"及年十六，將嫁他姓，女曰：
"王常語我爲溫達婦，今何故改前言乎？匹夫猶不食言。"王怒曰："汝不
從我教，任汝所適。"女以寶釧數十枚，至溫達家。溫達採楡皮於山谷，
女備言之。溫達辭以貧，女曰："苟爲同心，何須富貴？"遂賣釧，買田宅

奴婢，又買馬，養之甚勤。會，王出獵，達馳騁常在前，所獲亦多。王召問，驚異。後，常從征伐，輒有功。王嘉歎曰："吾甥也!"備禮迎之。】

其一百八十一

出宮尋得採楡童，金釧賣來繫駿驄。
誰知昔日愚溫達，領取遼東第一功?

【後周武帝伐遼東。王逆戰，溫達爲先鋒，斬數十餘級。諸軍乘勝，奮擊大捷。及論功，溫達爲第一。】

其一百八十二

興王寺[37]壯法王能，網罟禁來放鷂鷹。
嚴明佛戒宜遐福，曾未一年倏已薨。

【百濟法王大作興王寺。下令嚴佛戒、禁殺生，放民家鷹鷂，禁網罟漁獵之具。】

37 興王寺 :《三國史記》에는 "王興寺",《三國遺事》에는 "彌勒寺".

其一百八十三

煬帝窮奢自蹈殃，如何裴矩導張皇？
只因征討句麗事，天下騷然遂至亡。

【隋黃門侍郎裴矩說帝取句麗，帝從之。詔來朝，句麗不從。帝怒，討之，不克而還。】

其一百八十四

隋怒麗侵更不朝，乞師適又有羅輶。
詔書出將斯猶可，何至六飛自渡遼？

【句麗率靺鞨衆侵遼，又召入朝，不從。新羅患句麗連年攻伐，遣使乞師，帝許之。大業七年，帝自將伐句麗。】

其一百八十五

年年皇帝事東征，千里旌旗九道行。
堪嗤大國數奔走，畢竟盡殲百萬兵。

其一百八十六

乙支文德善機謀，計誘詐降偉績收。
天子帶羞還發怒，護兒走後宇文囚。

【句麗乙支文德禦之，且戰且降，以計誘致隋軍。又詐請降，及至薩水，
軍半渡，擊其後，大破之。隋將來護兒敗於平壤，已走還，宇文述又敗。
帝大怒，鎖繫述等引還。】

其一百八十七

不懲其敗益徵師，度外民窮與盜窺。
何不任他玄感叛，輕身銳意取句麗？

【隋主慙無功，九年，復伐句麗，不克。會，楊玄感反，乃還。】

其一百八十八

竭天下力四經年，主客俱疲犬冤然。
兵不應徵麗亦謝，無聊禡鼓自回旋。

【十年，復徵天下兵，至臨渝，禡軒轅，斬叛者釁鼓。時，天下亂，召兵多
不至，麗王亦遣使謝，乃罷兵。】

其一百八十九

唐興三國竝修朝，正朔世承海外迢。
自是小邦宜事大，至今遼路走東軺。

其一百九十

括遣麗俘朕不慳，陷麗隋士又搜還。
詔書更葬戰亡骨，初政唐家儘可觀。

【句麗榮留王，唐武德元年，入貢于唐。帝以亡隋戰士多陷於麗，隋虜獲
麗人，追括遣歸。令句麗隋戰士在國者悉還，還者萬餘人。貞觀五年，唐
遣使，葬隋戰士。】

其一百九十一

羅濟侵攻勢不休，璽書責諭止戈矛。
未化其心徒以語，外雖順服內相仇。

【百濟侵新羅，新羅告急於唐。帝賜濟王璽書責諭，百濟外雖順服，內實
相仇如故。】

其一百九十二

庚辰奇夢降豪英，廿朔而生庚信名。
七星在背文何異？將死還驚隕大星。

【庚信，父母以庚辰日有異夢而娠，二十月而生，背有七星文。以"庚"與
"庚"字相似，"辰"與"信"聲相近，名之。其將死，大星隕。】

其一百九十三

娘臂城高敵勢雄，舒玄有子奮威風。
忠孝自期臨戰勇，突圍斬將敗爲功。

【新羅金舒玄攻句麗娘臂城，敗績。舒玄子庚信曰："平生以忠孝自期。"
跨馬突陣，斬其將。諸軍奮擊，陷其城。】

其一百九十四

濟麗靺鞨戰塵驚，庚信慨然志削平。
中嶽誓辭天可感，老人秘訣定由誠。

【庚信見麗、濟、靺鞨侵軼國疆，慨然有削平之志。獨入中嶽石窟，作誓
辭告天，有老人來授秘訣。】

其一百九十五

盜分獨却義堂堂，我惜劍君未盡臧。
畏死告人雖不忍，自投被毒太無當。

【新羅大飢，沙梁宮諸舍人盜分倉穀。有劍君者獨不受，諸舍人恐言漏，欲殺劍君而召之。劍君欲往，近郎曰：“胡不自於有司？”曰：“畏死而抵人罪，所不忍也。”曰：“盍逃？”曰：“彼曲我直，而反自逃，非丈夫也。”遂往，被毒死。】

其一百九十六

還付新羅二美娃，魏徵能諫帝能嘉。
鸚鵡思歸況彼女？事光簡策德敷遐。

【新羅獻二美女，魏徵以爲不宜受。帝曰：“彼林邑鸚鵡，猶言苦寒思歸，況二女遠別親戚乎？”付使者歸之。】

其一百九十七

新被隋兵國勢傾，榮留何事築長城？
起扶餘又濱南海，千里有餘十七齡。

【句麗榮留王築長城，東北起扶餘城，西南至海，千有餘里。十七年乃畢。】

其一百九十八

眞平國計太虛疏，五十四年未定儲。
寶位竟歸兒女子，貽謨後世果何如？

【新羅眞平王，在位五十四年無嗣。王女德曼立，是爲善德主。】

其一百九十九

法王崇佛武王遵，侈靡戲遊又日新。
此時百濟亡無日，只怪禍猶未及身。

【百濟武王，法王之子。】

其二百

鑿池築島擬仙山，異草名花泗岸環。
鼓瑟酣歌從者舞，大王浦裏樂忘還。

【武王遊泗沘[38]河，醉而鼓瑟[39]自歌，令從者舞之，時稱"大王浦"。】

38 沘：《三國史記》에는 "沘".
39 瑟：《三國史記》에는 "琴".

其二百一

構怨隣邦但恃强，任他災異自驕狂。
陳隋兩煬俱同道，何不當時諡煬王？

其二百二

無蝶無香識畫花，玉池玉谷驗鳴蛙。
豫言死日皆如合，三事知幾善德誇。

【新羅善德主寬仁明敏。唐太宗賜畫牧丹三色，並其實三升。主曰："此花無蜂蝶，必無香。"種其子，果然。又玉門池，蝦蟆大集，主曰："蝦蟆兵象，吾聞西南有玉門[40]谷，意有隣兵至乎！"命將搜之，果有百濟兵，掩擊殺之。又豫言死日，果驗。世稱主"知幾三事"。】

其二百三

狃習牝晨小慧依，終傳眞聖不知非。
帝必豫料三女主，無香三色故相譏。

【善德主薨，從弟勝曼立，是爲眞德主。其後，又有眞聖主。】

40　玉門：《三國遺事》에는 "女根".

其二百四

七重石移奏凱餘，月城星落對軍初。
吉凶在德皆由我，災異禎祥杳若虛。

【新羅善德主時，七重城南，大石自移三十五步。大臣毗曇等欲廢女主，舉兵屯明活城。王師營於月城，大星落，主懼。庾信曰：“吉凶無常，惟人所召。紂以赤雀亡，魯以獲麟衰，高宗以雉雊興，鄭公以龍鬪昌。德勝妖，則不足畏也。”乃造偶人抱火，載風鳶颺之，若上天。翌日，傳言曰：“昨夜落星還上。”於是督將卒奮擊，毗曇等敗走伏誅。】

其二百五

唐興文敎定無前，外域聞風摠靡然。
三國一時遣子弟，俱求入學復升筵。

其二百六

薛女未能效木蘭，嘉實替勞背約難。
十載歸來形瘁黑，別時破鏡喜重完。

【新羅民薛氏父，當防秋，老病難行。沙梁人嘉實請代其役，薛許以戍還爲婦，破鏡爲信。六載未還，父欲改嫁。薛以其代勞遠戍，不忍食言。後，嘉實果還，而形瘁難辨，以破鏡驗之，遂爲夫婦。】

其二百七

義慈孝友幼時能，至有海東曾子稱。
其奈是時邦運訖，如何卽位反無恒？

其二百八

句麗三日日無光，泉[41]蓋蘇文果弑王。
從古浪思誅跋扈，機謀不密反罹殃。

【蓋蘇文，姓泉，爲東[42]部大人。諸大人惡其凶殘，與榮留王密議欲誅。
事泄，蘇文以部兵殺諸大人百餘，遂入宮弑王，自爲莫離支。】

其二百九

親拔獼猴四十城，斬挐大野又窮兵。
將亡自古忘修德，驟勝而驕然後傾。

【百濟義慈王親攻新羅獼猴等四十餘城，拔之。又遣將，陷大野[43]。】

---

41 泉 : 원래 성은 "淵". 唐 高祖 李淵의 휘를 피한 것으로 보임. 이하 "泉蓋蘇文"
　　의 "泉"은 동일함.

42 東 : 《三國史記》·《舊唐書》에는 "西".

43 野 : 《三國史記》에는 "耶". 이하 모든 "大耶"는 "大野"로 고치고 교감기를 달지
　　않음.

其二百十

城危大野莫摧鋒，品釋殉身妻亦從。

竹竹顧名能踐義，知君不愧歲寒松。

【百濟攻新羅，陷大野城，軍主品釋先殺妻子而自刎。幢下舍知竹竹曰：
"吾父名我以竹竹者，使我歲寒不凋。豈可畏死而降乎？"力戰而死。】

其二百十一

春秋庾信儘良朋，誓死同爲國股肱。

不獨私讎兒女歿，削平本意此時乘。

【品釋妻金氏，卽金春秋女也。春秋往句麗，乞師報怨。將行，謂庾信曰：
"吾與君爲王股肱，休戚同之。"遂與之誓。】

其二百十二

乞援句麗指六旬，欲還舊地劫行人。

若非道解談龜冤，不免仍爲虎口身。

【春秋與庾信誓曰："吾六旬當還，過此，無再見之理。"遂見麗王乞兵，麗
王曰："麻峴、竹嶺本我地，地若還，兵可出。"春秋曰："大王無意出兵，
劫行人以歸地，臣有死而已。"王怒，囚之。春秋賂王寵臣道解，道解曰：
"昔，東海龍女病心，求冤肝。一龜出，誘冤負入，顧言藥用之由。冤曰：

'吾洗肝，置巖石間。請歸取肝。'龜乃負還。兔脫入草中曰：'豈有無肝而生者乎？'"春秋喻其意，請還地。王歸之，春秋出境曰："向所云云，圖逭死耳。"】

其二百十三

濟麗謀欲絕朝唐，羅乞偏師自救亡。
如何復蹈隋煬轍，不聽忠言褚遂良？
【帝親征句麗。褚遂良諫，不聽。】

其二百十四

句麗只有莫離支，弒主虐民恣所爲。
不奉璽書囚蔣儼，怪他當日免誅夷。
【莫離支，官名，如唐兵部尙書兼中書令也。蓋蘇文自爲之，專擅國事。帝賜王璽書，諭以戢兵，蘇文不奉詔。又遣蔣儼諭旨，蘇文以兵脅，囚儼窟室。】

其二百十五

蘇文鷙悍罪多參，欲賂唐皇貢白金。

賴有遂良言郜鼎，當時不得售奸心。

【蘇文貢白金，褚遂良曰：“蓋蘇文弒其君，九夷所不容。今將討之，而納其金，此郜鼎之類也。”帝從之。】

其二百十六

天子東征御六飛，羅兵三萬助皇威。
褚諫鄭言皆不入，魏徵雖在帝應違。

【前宜州刺史鄭天璹[44]，已致仕，嘗從煬帝伐句麗。帝至洛陽，召問之。對曰：“遼東道遠，糧傳艱阻；東夷善守城，不可猝下。”帝曰：“今日非隋之比，公但聽之。”】

其二百十七

十城先拔勢何雄？延壽惠眞繫頸同。
駐蹕山前坑靺鞨，囊中一物指鴻功。

【帝自將，以李世勣、江夏王道宗、張亮，分道征遼。先拔玄菟、橫山、蓋[45]牟、磨米、遼東、白巖[46]、卑沙、麥[47]谷、銀山、後黃等十城，進

---

44 天璹：저본에는 “天濤”.《三國史記》에 근거하여 수정.《資治通鑑》과《新唐書》에는 “元璹”.

45 蓋：《三國史記》에는 “盍”.

46 巖：《三國史記》에는 “岩”.

兵攻安市。北部耨薩高延壽、南部耨薩高惠眞，帥靺鞨兵十五萬，與句麗軍救安市。世勣等大破之，延壽、惠眞率衆降。收靺鞨三千三百人，悉坑之，更名所幸山曰"駐蹕山"。】

其二百十八

先破援軍乘勝行，如何安市獨難平？
唐宗應慕七旬格，故及六旬强耀兵。

【攻安市，凡六旬不克。乃耀兵於城下而旋。】

其二百十九

鼓譟可憎旗蓋迎，如何世勣妄言坑？
土山衝礮皆無益，只是能料雞彘聲。

【安市人望見帝旗蓋，輒鼓譟。帝怒，世勣請克城之日，男子皆坑之。安市人益堅守。帝聞城中雞彘甚喧，謂世勣曰："此必饗士，欲夜出襲我。"是夜，麗軍數百，縋城而下，命擊却之。道宗築土山以逼城，城中亦增高其城以拒之。又以衝車、礮石壞其堞，城中隨立木柵，以塞其缺。】

47 麥：《三國史記》에는 "夾".

其二百二十

城堅難拔帝班師，城主登城敬拜辭。
百匹文縑嘉以勵，兩人之事古今奇。

其二百二十一

玄花白羽牧詩眞，無怪諱書謹史臣。
獨嘆城主忠如彼，不表姓名梁萬春。

【李穡詠貞觀詩曰："謂是囊中一物耳，那知玄花落白羽？"徐居正《東人
詩話》云："當時史官必爲中國諱，無怪其不書也。"城主，梁萬春，見於太
宗《東征記》。】

其二百二十二

新羅空國助王師，百濟欣然乘此時。
襲取七城何足幸？危亡在卽不能知。

【百濟以新羅空國助王師，襲取西鄙七城。】

其二百二十三

東明母塑涕流滂，神語分明馬嶺傍。
九虎入城河水赤，必先妖孼國將亡。

【句麗 寶藏王時，東明王母塑像泣血三日。有神見於馬嶺山[48]曰：“汝國君臣奢侈無度，亡無日矣。”九虎入城。平壤河水赤如血，三日乃止。】

其二百二十四

曇宗同叛活城憑，月壘落星喜有徵。
偶人抱火風鳶颺，疑敵收功庾信能。

【新羅貴臣毗曇、廉宗，舉兵屯明活城。見大星落於月城，曰：“落星之下，必有流血，此殆女主敗衂之兆。”庾信以偶人疑敵，破之。詳見《二百四》註。】

其二百二十五

善德旣薨眞德承，女君相繼以爲恒。
毗晨自是惟家索，慧性異姿且莫稱。

【史稱：善德主有慧性，眞德主長七尺，垂手過膝。】

48　山：《三國史記》에는 “上”.

其二百二十六

忠勇丕寧志不群，死於知己感三軍。
有子舉眞奴合節，一時幷命却收勳。

【眞德主元年，百濟圍茂山等三城。金庾信拒之，苦戰力竭，謂丕寧子曰：
"歲寒知松柏。今日事急矣，非子誰能奮礪激衆心乎？"丕寧子語其奴合
節曰："今日當上爲國家，下爲知己死。爾與子舉眞收吾骨。"格殺數人而
死。舉眞曰："見父之死，何忍偸生？"突陣亦死。合節亦交鋒死。三軍感
激，齊奮擊之，濟兵大敗而歸。】

其二百二十七

拔城斬敵夙心諧，品釋及妻好返骸。
能報向時大野役，千秋庾信果誰儕？

【新羅金庾信伐百濟，拔十二城，斬二萬餘級，返品釋及妻金氏之骨。】

其二百二十八

泉蓋只知賂莫如，不知唐帝異於渠。
前却白金後美女，難將小計止兵車。

【蘇文遣使謝，獻二美女。不受，復議伐句麗。】

其二百二十九

年年長事伐句麗，不滅句麗不戢師。
應懲一戰玄花落，只遣將軍未學隋。

【明年，遣牛進達、李世勣伐句麗。世勣破南蘇，進達拔石城。又明年，遣薛萬徹伐句麗。】

其二百三十

二十餘年兩帝俱，將軍李薛又劉蘇。
畢竟縱能平一域，死亡相繼獨何辜？

【太宗、高宗遣將李勣、劉仁願、蘇定方、薛仁貴等，連伐句麗。】

其二百三十一

春秋一語乞唐師，二十萬軍遂命之。
窮黷句麗猶未已，又征百濟不遲疑。

【新羅金春秋乞師於唐，討百濟。帝勅蘇定方，帥師二十萬攻之。】

其二百三十二

永徽年號一車書，章服從華上請初。

濟濟衣冠新制度，瞻星臺下拱辰居。

【金春秋又請改章服，以從華制。始行永徽年號。善德主時，作瞻星臺。】

其二百三十三

手垂過膝七尺躬，藻思繡才又竝工。

煌煌十句《太平頌》，織錦爲紋遠表忠。

【眞德主自製《太平頌》十句，織錦爲紋，遣使獻唐。】

其二百三十四

義慈繼述武王爲，耽樂酗淫白日遲。

都井泚河皆似血，樓高望海騁眸宜。

【義慈王作望海亭，淫酗耽樂。王都井水及泗泚河，赤如血。】

其二百三十五

能諫成忠是忠臣，被囚臨死又書陳。

歷觀自古將亡國，必有忠臣浪殺身。

【百濟佐平成忠極諫，義慈怒，囚之。成忠不食，臨死上書，王不省。遂死
獄中。】

其二百三十六

相時占變度將然，死不忘君筆以宣。
水據白江陸炭峴，莫令强敵着先鞭。
【成忠將死，上書曰："忠臣死不忘君，願一言而死。臣觀時察變，必有兵
革。敵兵若來，使陸不過炭峴，水不入白江，據險隘以禦之。"】

其二百三十七

狐入宮中鬼哭聲，萬蟆集樹市人驚。
百濟偏多災異記，犬嗥魚死又槐鳴。
【百濟將亡，衆狐入宮，一白狐坐佐平書案上。夜，鬼哭宮南路。蝦蟆數
萬集樹上。市人相驚走，有僵死者。又犬如野鹿，至泗沘河岸，向王宮而
吠。王都群犬聚於路，或哭或吠。西海濱，群魚死，百姓食不能盡。宮中
槐樹鳴，聲如人哭。】

其二百三十八

鬼入大呼<u>百濟</u>亡，有文龜背地中藏。
<u>羅</u>月新時<u>濟</u>月滿，分明此意示人詳。
【鬼入宮中，大號"<u>百濟</u>亡，<u>百濟</u>亡"，忽入地。掘得龜，背有文曰："<u>百濟</u>同月輪，<u>新羅</u>如月新。"】

其二百三十九

滿缺新盈怒殺巫，新微滿盛更欣諛。
恰如問命求占者，毀則疾之譽則愉。
【王問龜文，巫解曰："同月輪者，滿也，滿則虧。如月新者，未滿也，未滿則漸盛。"王怒，殺之。或曰："同月輪，盛也；如月新，微也。意者，國家盛，<u>新羅</u>微乎！"王悅。】

其二百四十

<u>句麗</u>被敵國垂傾，奚暇結連<u>濟</u>鞨兵？
殄民適足危亡促，空取<u>新羅</u>四十城。
【<u>新羅</u><u>武烈</u>王時，<u>句麗</u>與<u>百濟</u>、<u>靺鞨</u>連兵，侵<u>新羅</u>，取三十三城。】

其二百四十一

春秋與濟本深讎，及至爲君日夜謀。

請來唐將如摧擘，猶復勞軍伐不休。

【武烈王求援於唐，帝遣程名振、蘇定方等救之。百濟又攻新羅獨山、桐岑等城。】

其二百四十二

長春郎告唐兵期，壯義寺成冥福資。

明知佛力送來否？何必糜財又奪時？

【武烈王欲伐百濟，請兵於唐。若有長春、罷郎者，曰：「皇帝已命蘇定方等，將以明年五月伐百濟。」因忽不見。王異之，創漢山州壯義寺，以資冥福。長春、罷郎，嘗戰死百濟者也。】

其二百四十三

大總管行蘇定方，行軍總管是羅王。

問誰爲副金仁問，十四萬兵自大唐。

【義慈王二十年，唐以蘇定方爲行軍大總管，金仁問副之，帥水陸兵十三[49]

萬，伐百濟。勅羅王爲行軍摠管，爲之聲援。】

其二百四十四

舳艫千里自萊州，庾信會兵德物洲。
義慈不但荒淫主，愎諫違謀敗是求。
【蘇定方等自萊州[50]濟海，軍于德物島。羅王以太子法敏、上大等金庾信，率精兵五萬，應之。】

其二百四十五

炭峴白江國要衝，上流先據可爭鋒。
英雄所見同前後，興首忠言惜不從。
【百濟佐平興首，待罪竄外。王遣人問策，首曰："白江、炭峴，國之要衝。宜簡勇士往守，使唐兵不得入白江，羅人不得過炭峴。大王閉城固守，待其糧盡卒疲，然後奮擊，破之必矣。"大槪如成忠之說。左右皆曰："首怨國，其言不可用。"王不用首言。】

50 萊州：《資治通鑑》에는 "成山".

其二百四十六

初何竄斥後何詢？反謂怨君復不遵。
謬計盈廷還聽用，義慈心界苦紛繽。

【大臣等曰："莫若使唐兵入白江，沿流而不得方舟，羅軍升炭峴，由徑而不得竝馬。然後縱兵擊之，如在籠之雞、罹網之魚也。"王曰："然。"】

其二百四十七

倏過馬炭唐羅兵，階伯雖忠勢已傾。
先殺其家身卒死，黃山千古永留名。

【大兵過白馬、炭峴，直趨王都。王遣將軍階伯帥死士五千，拒之。階伯知必敗，盡殺家屬。至黃山，與羅兵戰，四合皆勝。然兵寡力盡，力戰死之。】

其二百四十八

庾信平生正直身，反凶爲吉後前均。
落星還上翔烏墜，可驗災祥只在人。

【庾信前以落星還上，破毗曇等。至是，進軍江口，有烏迴翔於定方營上。卜之，曰："必傷元帥。"定方欲引兵止，庾信曰："應天順人，伐至不仁，何不祥之有？"拔神劍，擬其烏，割裂而墜於座前。】

其二百四十九

不用成忠悔義慈，當時不用果何爲？

忠臣自古死無悔，只使其君悔莫追。

【唐、羅兵薄城，王歎曰：“悔不用成忠之言，以至於此。”】

其二百五十

唐羅兵勢似風馳，乘勝薄城萬事悲。

可憐父子宵潛遁，欲向熊津保暫時。

【義慈王與太子夜遁，保熊津，詣定方降。】

其二百五十一

大王浦裏錦爲帆，攀折巖花女手攙。

國破還隨花落盡，行人指點落花巖。

【王宮諸姬走大王浦巖石上，墜死。後人名其巖，曰“落花巖”。】

其二百五十二

名花昔照此巖濱，宮女紅顏相映頻。

一朝玉碎多哀怨，只有巖花笑殺人。

其二百五十三

白馬江頭釣龍臺，釣龍餌馬定方才。
運去神龍猶莫護，至今龍迹在巖苔。
【世傳：定方攻百濟，欲渡江，輒風雨晦冥。術者謂："江龍護國。"定方以白馬爲餌，釣出一龍。須臾開霽，遂渡師伐之。有一石在江渚，有龍攫迹，故江曰"白馬"，石曰"釣龍臺"。】

其二百五十四

降俘堂下義慈王，堂上羅王與定方。
那免此時行酒辱？濟臣空有涕流滂。

其二百五十五

時維九月歲庚申，奏凱定方渡海辰。
義慈以下俘歸幾？一萬二千九百人。

其二百五十六

百濟元無德可昌，只專強暴又淫荒。
以斯傳歷亦云久，近七百年三十王。

其二百五十七

春秋積怒始應平，天子亦嘉茂績成。
故地五分都督府，更留仁願鎮南城。

【唐分百濟故地，置熊津、馬韓、東明、金漣、德安五都督府。使郎將
劉仁願留鎮泗沘城，以劉仁軌爲熊津都督，撫其餘衆。】

其二百五十八

孫皓亡吳叔寶陳，墓傍命葬義慈身。
好慰孤魂同異代，生前相慕死相隣。

其二百五十九

其君仁又其臣忠，羅國難將百濟同。
唐帝莫謀因伐彼，定方眞是不貪功。

【定方以義慈見，帝曰：“何不因伐新羅？”定方曰：“其君仁而愛民，其臣忠以事國，國雖小，不可謀也。”】

其二百六十

麗鞨侵羅不識天，震雷星隕有由然。
北漢解圍休謾訝，春秋能用冬陀川。
【句麗與鞨鞨合軍，攻新羅述川城，不克。移攻北漢山城，城主冬陀川多設兵機，激勵死守二十餘日，糧盡力疲，至誠告天。忽大星落於麗營，又有震雷之變，麗將疑懼，解圍去。】

其二百六十一

倚任良臣更不疑，文功武烈兩兼之。
民樂年豐稱聖代，太宗廟號詎非宜？
【武烈王，廟號“太宗”。】

其二百六十二

錦裙換夢豈其然？姊自無緣妹有緣。
國母子王元定命，區區買賣可回天？

【新羅太宗王妃文明王后金氏，庾信妹也。初，其姊寶姬夢：登西岳坐
旋，流遍國內。覺與文明言之，文明曰："願買兄夢。"因與錦裙爲直。後，
歸武烈，生六男，長卽文武王。】

其二百六十三

福信迎豐舊部因，更圍仁願拒熊津。
復收餘燼元非易，況又忌疑自殺臣？
【義慈子豐嘗質倭，百濟宗室福信，迎立爲王，據周留城。西、北部皆應
之，圍劉仁願於熊津。帝命劉仁軌討之，豐忌福信，斬之，乞兵於倭以拒
唐。仁願請益兵，又與庾信等二十八將軍，擊之。遇倭兵於白馬浦口，庾
信等四戰四捷，連燒鬪艦四百，倭悉降。豐兵敗，奔句麗。】

其二百六十四

周留既據乞倭兵，拒轍螳蜋妄欲爭。
仁軌奮威仁願繼，更兼庾信不難平。

其二百六十五

白馬艦燒倭悉降，豐兵既敗走麗邦。

任存沙吒更迎詔，塵靜野天波穩江。

【豐奔句麗，獨任存城險糧多，不下。又得黑齒常之、別部沙吒互爲形勢。
帝下詔，乃降，百濟悉平。】

其二百六十六

熊津都督扶餘隆，百濟屛孫帝命崇。
縱有羅王歃血誓，奈渠微弱畏居東？

【唐以義慈王子隆，爲熊津都督，與新羅釋憾。羅王與扶餘隆盟于熊津。
旣歃血，埋牲幣，藏其書於祖廟。後，唐加隆帶方郡王，令返國安輯餘衆。
隆畏新羅，不敢歸，寄治句麗死，百濟遂絕。】

其二百六十七

前爲都督後加王，安輯遺民命帶方。
寄治麗國身仍死，無賴盟書太廟藏。

其二百六十八

溫祚爲邦尚暴強，風無仁厚俗無良。
戰死四君弑死二，後王監戒可千霜。

【責稽王爲貊兵所害，汾西王爲刺客所殺，蓋鹵王爲句麗人所殺，聖王爲新羅人所殺，文周王爲解仇所弒，東城王爲苩加所弒。】

其二百六十九

百濟既平又伐麗，如何未滅詔班師？
千里往還平壤路，空敎庾信設謀奇。
【帝遣蘇定方領水陸三十五道兵伐句麗，諭新羅王會伐。金庾信與金仁問等九將，率兵數萬，車載米租二萬四千餘石，赴平壤，冒險出死力，僅達會。有詔班師，庾信亦還。麗兵欲要擊之，庾信以鼓繫牛腰，桴繫牛尾，使掉擊。積柴草燃之，煙火不絕，若屯宿然，夜半潛行。麗兵追之，庾信諸將分擊敗之。】

其二百七十

莫離支死繼男生，男建逐奔國內城。
泉蓋終爲亡國祟，男生遣子導唐兵。
【蓋蘇文死，子男生代爲莫離支。其弟男建逐之，男生奔國內城，遣子獻誠于唐，爲向導。】

其二百七十一

李勣摠戎羅亦從，更兼仁貴作前鋒。
拔城破柵圍平壤，不待彗星已告凶。

【句麗王二十七年，唐以李勣爲遼東行軍大總管，徵兵新羅伐句麗。薛仁貴爲前鋒，拔扶餘城。勣進拔大行城，破鴨綠柵，與羅兵圍平壤月餘。男建閉門拒守，以軍事委浮屠信誠。信誠密遣人詣勣，爲內應開門，勣遂拔之。男建自刺不死，王臧降。時，彗星見於畢、昴，許敬宗曰："句麗滅亡之兆也。"】

其二百七十二

哂他男建暗無雙，政委浮屠欲保邦。
誰道信誠爲內應？開門坐看國王降。

其二百七十三

蘇文臣又寶藏君，運到亡時世事紛。
八十將來滅八百，神人讖記已先云。

【句麗秘記曰："不及八[51]百年，當有八十大將滅之。"蓋句麗享國七百餘

51　八：《三國史記》·《新唐書》에는 "九".

年，李勣年八十。】

其二百七十四

朱蒙有甚德宜延？享國久長理杳然。
興於攻伐亡攻伐，二十八君七百年。

其二百七十五

王臧以下執歸京，二十萬餘隨凱聲。
五部九分都督府，安東都護薛留營。
【勣執王及子福男、德男、大臣等二十餘萬人以歸。　分句麗五部百七十
六城，爲九都督府、四十二州、百縣。置安東都護府於平壤，留薛仁貴爲
都護以鎮之。】

其二百七十六

政非己出恕王臧，封畀朝鮮復作王。
纔至遼東還欲叛，潛通靺鞨太猖狂。
【帝以王臧政非己出，遣還爲朝鮮王。臧至遼東，與靺鞨潛通謀叛。帝召
臧還，徙邛州而死，命葬頡利墓左。】

其二百七十七

召臧遠徙死邛州，葬地還蒙帝渥優。
義慈皓寶同歸後，頡利墓傍意更悠。

其二百七十八

句麗俗雜鞨卑心，骨肉相殘又穢淫。
一君戰死四君弒，有國千秋好作箴。

【慕本王爲杜魯所弒，次大王爲答夫所弒，烽上王爲助利所弒，故國原王
爲百濟流矢所殺，榮留王爲泉蓋蘇文所弒。】

其二百七十九

潛圖興復劍牟岑，安勝爲君故國心。
縱附羅西金馬渚，唐官擅殺罪還深。

【句麗劍牟[52]岑欲圖興復，殺唐官人，迎立句麗王庶子安勝于漢城，遣使
請附于羅。羅王處之國西金馬渚。】

---

52 劍牟：《三國史記》에는 "年".

其二百八十

奔羅安勝避唐師，反殺牟岑事可疑。
羅君底意私相納，報德王封又妻之？
【帝遣將高侃討安勝。安勝殺劍牟岑，奔羅。羅王冊爲報德王，妻以外妹[53]。】

其二百八十一

詔書難解獨無難，來汝牛頭驚且嘆。
意盡文工掌詞命，賜名强首職沙湌。
【新羅有牛頭者，生而頭後有高骨，好讀書，通義理。武烈王時，唐詔中有難解處，牛頭能解之。王驚喜，問姓名，對曰："臣本任那加良人牛頭也。"王曰："見卿頭骨，可稱强首。"遂名之。使製謝表，文工而意盡，自是常主詞命。文武王拜沙湌。】

其二百八十二

冶家女娶樂茹蘦，貧賤糟糠不改初。

53 　外妹：《三國史記》·《東史綱目》에는 "王妹"，《三國史節要》에는 "王兄之女"，
　　　《東國通鑑》에는 "外妹女".

如非學力寧知此？强首眞爲善讀書。

【强首嘗娶冶家女，父母將以禮改娶之。强首不可，父怒曰：「兒有時名，以微者爲偶，不亦恥乎？」强首曰：「糟糠之妻，不下堂；貧且賤，非所恥也。」】

其二百八十三

踐濟田禾據濟城，納麗叛衆戰唐兵。
小邦輕犯天朝怒，王爵削時命將征。

【文武王請和於熊津都督，不聽。乃分遣諸將，攻下百濟八十餘城。又發兵，踐百濟加林田禾，遂與唐兵戰於石城，斬五千餘級，以阿飡眞王爲都督。又與唐將及契丹、靺鞨兵，九戰皆克。帝怒，削王爵，以劉仁軌爲鷄林道大摠管，伐新羅，以王弟在京師者仁問爲王，遣歸。】

其二百八十四

羅乞唐師戰濟麗，濟麗旣滅抗唐師。
仁問爲王仁軌將，討兄立弟果何爲？

其二百八十五

羅君但欲以兵鏖，仁貴貽書語謾豪。
戰則削王謝則復，小邦之利大邦勞。

【唐總管薛仁貴遣僧琳潤，致書於羅王。劉仁軌攻七重城，克之。羅王遣
使謝罪，乃赦王，復王爵。仁問至中路，還入唐。】

其二百八十六

爭地抗唐已不恭，義無必死以裨從。
可憐元述生還後，父母如何竝未容？

【唐將高侃等攻平壤，羅軍大敗。庾信子元述爲裨將，欲戰死，其佐鞁馬
固止，隨大將微行入京。庾信曰：“不惟辱王命，亦負家訓，元述可斬也。”
王曰：“裨將不可獨罪。”乃赦之。元述慙懼，不敢見父，遁於田野。及庾
信卒，元述求見母，母曰：“爾旣不得爲子於先君，吾焉得爲爾母乎？”遂
不見。元述慟哭，入太白山。後，唐兵來攻買蘇，元述欲雪前恥，力戰有
功，以不容於父母，不仕，終其身。】

其二百八十七

何來義相惑人間？浮石寺高太白山。
宮室園池窮壯麗，珍禽怪獸供遊閑。

【文武王令僧義相作浮石寺於太白山。治宮室，聚四方珍禽怪獸。】

其二百八十八

文武爲君無可稱，驕奢逸樂又耽僧。
似夜日昏天狗隕，此時災異信而徵。

其二百八十九

金鳧銅雀戒前塵，遺詔分明達理眞。
東海之頭大石上，國王火葬與僧均。
【文武王遺詔曰：“山谷遷貿，人代推移。吳王北山之墳，詎見金鳧之綵；
魏主西陵之望，惟聞銅雀之名。空勞人力，莫濟幽魂，火葬東海口大石
上。”】

其二百九十

東海小山有竹竿，感恩寺下葉聲寒。
晝分爲二宵爲一，作笛吹來海浪安。
【新羅東海中小山，有一竿竹，晝分爲二，夜合爲一。王使人取作笛，號
“萬波息笛”，吹律而東海無波。小山，在感恩寺下。】

其二百九十一

萬波息笛笛聲清，兵退病瘳驗雨晴。
身後化龍遺國寶，語雖弔詭事堪驚。

【俗傳文武王死爲海中神龍，出此鎭護三韓之寶。吹此笛，則兵退病愈，
旱雨雨晴，風定波平，號"萬波息笛"。藏于月城天尊庫，傳爲國寶。】

其二百九十二

金馬渚爲報德城，大[54]文誅後又餘兵。
討平舊地徵安勝，州郡縣分更定名。

【報德王安勝族子大文，據金馬渚謀反，伏誅。餘衆殺官吏，據報德城以
叛。遣將討平之，徙其餘衆於國南州郡，以其地爲金馬郡。徵報德王安
勝，賜姓金。置州郡縣百濟舊地，熊川、武珍二州，泗沘[55]、發羅二郡，
石山、馬山、孤山、沙平四縣。】

其二百九十三

從祀學宮自薛聰，扶興正道賴斯功。

---

54 大：저본에는 "太".《三國史記》와《東史綱目》에 근거하여 수정. 이하 모든
  "太文"은 "大文"으로 고치고 교감기를 달지 않음.
55 沘：《三國史記》에는 "沘".

九經能以方言解，吏札兼將俚語通。

其二百九十四

花王深謝白頭翁，諷諭丁寧有薛聰。
能請書紳高秩擢，神文亦是聖君風。
【聰曰："花王之始來，一佳人名'薔薇'，朱顏玉齒，願薦枕香帷。有一丈
夫，名'白頭翁'，曰：'爲君者，莫不親近老成而興，昵比妖艷而亡。'"神文
王愀然曰："請書之以爲戒。"遂擢聰高秩。】

其二百九十五

《官箴》親作戒初勤，下令求言過欲聞。
借問有誰論闕失，果能聽用不歸文。
【聖德王作《官箴》，戒百官，令群臣各言闕失。】

其二百九十六

太宗之女發翰妻，落髮爲尼良可悽。
封以夫人租歲賜，舊功不忘及深閨。
【庾信妻爲尼，聖德王曰："今中外平安，高枕無憂，太大角干之賜也。夫

人儆戒相成，陰功亦多，寡人不忘于心。"乃封爲夫人，歲賜租一千石。】

其二百九十七

太伯山東大祚榮，盡收麗燼事兼幷。
如何渤海封王後，天子還憂靺鞨兵？

【渤海靺鞨酋長大祚榮，據大伯山東，句麗餘燼，稍稍歸之。乃建國號"震
國"。地方千里，有兵數萬，盡得扶餘、沃沮、朝鮮諸國之地。唐封爲渤
海郡王。】

其二百九十八

庾信鴻功享太平，允中寵擢且休爭。
千石歲租絕影馬，妻孫俱感被恩榮。

【帝以靺鞨越海入寇，諭聖德王擊渤海。又曰："聞舊將金庾信孫允中之
賢可爲將，遣之。"王命允中等四將，伐渤海，無功而還。王擢允中爲大
阿湌，王親屬嫉之。王曰："寡人與卿等共享太平，庾信之功也。若遐棄，
非善善及子孫之義也。"遂賜絕影島馬一匹。】

其二百九十九

褒嘉向德草茅蹤，紀石賜租獎孝恭。
如何崇奉皇龍寺，五十萬斤鑄佛鐘？
【景[56]德王賜孝子向德租三百斛，命有司立石紀之。大鑄佛鐘於皇龍寺，
重四十九萬七千五百八十斤。】

其三百

共誓柏陰憶鬪棋，如何錄績反如遺？
枯樹復蘇君莫怪，帖歌以後爵縻之。
【孝成王在潛邸，與信忠圍棋柏樹下，謂曰："他日我不忘汝，汝亦不改貞
操。所有負者，有如此柏。"王卽位，錄功臣而遺信忠。信忠作歌，帖於柏
樹，樹忽枯。王得歌，大驚曰："幾忘乎《角弓》矣。"召賜爵，柏乃蘇。】

其三百一

眞興剃髮太乖常，文武孝成轉益荒。
燒柩已非人所忍，東溟散骨更何狂？
【孝成王遺命燒柩散骨東海。】

56 景：저본에는 "聖".《三國史記》에 근거하여 수정.

其三百二

天子蒙塵劍外孤，泝江東使謁成都。
誠心事大應嘉乃，十韻宸章手札俱。
【時，玄宗幸蜀。景德王遣使泝江，至成都朝貢。帝親製十韻詩，手札賜
王。】

其三百三

景德君臨治教休，置官國學有嘉猷。
簪紳糾正留貞察，郡縣條分定九州。
【景德王置國學諸業博士、助教。置貞察，糾正百官。置天文博士。定九
州：曰“尚州”、“良州”、“康州”、“漢州”、“朔州”、“溟州”、“熊州”、“全州”、
“武州”。小京五，郡縣四百五十。】

其三百四

痼弊當時奉佛僧，大雷震擊每頻仍。
十六梵宮誠快事，緣何又及眞平陵？
【景德王時，大雷電，震眞平王陵。又震佛寺十六所。】

其三百五

李純處義有難知，君自轉圜臣自離。
棄官逃佛初何意？忽入諫爭又可疑。

【景德王時，大柰麻李純嘗有寵於王，一朝棄官爲僧，累徵不出。聞王好
樂，詣宮門極諫。王爲之停樂，引正室，論說數日。】

其三百六

乾運幼沖母聽朝，是時國勢劇漂搖。
戲遊無度淫聲色，層疊天災與物妖。

【惠恭王年八歲，太后攝政。】

其三百七

旋風庚信墓中升，塵霧直馳始祖陵。
如聽泣嘆兼告訴，國家大變此其徵。

【惠恭王時，金庚信墓旋風忽起，至始祖味鄒王陵，塵霧暗冥。若有哭泣
悲歎之聲，或如告訴之音。王懼，致祭庚信，謝過。】

其三百八

不修德政但聽神，祭墓責躬欲濟屯。
寶田更置鷲仙寺，只此可能免鬼嗔？

【王爲庾信，置寶田于鷲仙寺。】

其三百九

始祖于金有味鄒，太宗文武祀千秋。
不待惠恭崇五廟，新羅朴氏達羅休。

【惠恭王始立五廟。味鄒王爲金氏始祖，太宗王、文武王平麗、濟有大
功德，爲不遷之主，並祖、禰爲五廟。朴氏止於阿達羅王，自伐休王，
昔、金互立。】

其三百十

金巖敏才學中州，遁甲陰陽妙莫儔。
殊方銜命歡唐使，日本雖强不敢留。

【金巖，庾信曾孫，性聰敏。入唐就師，學陰陽家術，自述《遁甲立成法》。
及還，爲執事侍郎。鎮浿江，教以六陣兵法，人皆便之。惠恭王時，聘日
本，日本主知其賢，欲留之。會，唐使來，相見甚歡。日本主以巖爲大國
所知，不敢留。】

其三百十一

聚衆圍宮有志貞，果然災異不虛生。
若非綱紊人心叛，亂逆何由敢肆行？

【惠恭王淫于聲色，戲遊無度。綱紀紊亂，災異屢見，人心離叛。伊湌金志貞作亂，圍王宮。】

其三百十二

良相舉兵討志貞，義憑誅逆意非誠。
后王縱被亂軍害，千古焉逃篡弑名？

【上大等金良相，與敬信舉兵，誅志貞等。王與后妃爲亂兵所害。良相自立爲王，是爲宣德王。】

其三百十三

弑君自立大綱乖，天下曾無義士懷？
得非生未明其罪，死後燒棺復散骸。

【宣德王遺詔，燒樞散骨東海。】

其三百十四

欲立周元衆議堅，誰知敬信入宮先？
莫道餘山能解夢，北川忽漲豈非天？

【宣德王薨，群臣欲立王族子周元。周元第，在京北二十里。會，天雨，川
漲不得渡。議者曰："今日暴雨，天其或者不欲立周元乎！上大等敬信德
望素高。"遂立之。或曰："初，周元爲上宰，敬信爲二宰，夢脫幞頭、着
素笠，把十二絃琴，入天官寺井中。占之不吉。阿飡餘山曰：'脫者，人無
居上也；素笠，冕旒之兆；十二絃琴，十二世孫傳世之兆；入天官井，入
宮禁之瑞也。'敬信曰：'上有周元。'餘山曰：'請密祀北川神！'從之。果以
川漲，先入宮。"敬信，奈勿王十二世孫也，是爲元聖王。】

其三百十五

元聖以前射選人，科名始設讀書身。
從此仍爲取士法，可嘆流弊啓千春。

【前此但以射選人，元聖王始設"讀書出身科"。】

其三百十六

上中下讀定儒科，三史五經暨百家。
幼學壯行應未易，偏私請托果如何？

其三百十七

金生八十尙揮毫，不仕隱居又是高。
天下爭傳行隷草，神才眞是筆中豪。

其三百十八

良相初頭敬信俱，志貞討後迹差殊。
燒柩縱緣家法繼，誘衷無乃被天誅？
【元聖王敬信遺命燒柩。】

其三百十九

昭聖王妃惡姓同，父名强枅冒他宗。
羅朝自古行禽獸，吳孟子爲緦小功。
【昭聖妃，金神述之女。惡同姓，以父名神，爲申氏。】

其三百二十

伽倻山壯列蒼屏，海印寺高護佛靈。
勞費當時凡幾許？至今留貯大藏經。

其三百二十一

哀莊政事苦難知，作寺胡爲又禁之？
石立塔撞鹽庫吼，史書不絶定因誰？

【哀莊王作海印寺，又禁立佛寺，禁佛寺用金銀錦繡。牛頭州，有石自起
立。望德[57]寺二塔相擊。西兄城鹽庫鳴，聲如牛。】

其三百二十二

輔幼彦昇問幾春？親爲叔父義君臣。
攝政不如自主政，弑王殺弟立其身。

【哀莊王立，時年十三。叔父彦昇攝政，十年，弑哀莊，且殺其弟，自立。】

其三百二十三

忠恭心病祿眞詳，不待針砭可復常。
用材宰相同工匠，藥石言加龍齒湯。

【憲德王時，上大等忠恭坐政事堂注擬，請托坌集，莫能擧措。感疾，醫
曰："病在心臟，須服龍齒湯。"侍郎祿眞曰："不須砭石，可一言理之。梓
人作室，大小偃植，各安所施，然後大廈成；宰相爲政，高下內外，皆得

---

57 德：저본에는 "海"，《三國史記》에 근거하여 수정.

其人，然後王政成。今則不然，循私滅公，爲人擇官。愛之，不才必進；憎之，有能必斥。取舍勞其心，是非亂其志，不獨害於國，爲之者亦病矣。若其杜貨賂之門，絕請托之路，如衡如繩，不可枉以輕重曲直，則國家和平，身亦不勞。何必區區於服餌乎？】

其三百二十四

忠恭能悅祿眞言，入告還應欲正源。
只使儲君聞至論，更無獎擢降殊恩。
【忠恭悅，入朝爲王誦之曰：“祿眞之言，同於藥石，豈止飲龍齒湯而已哉？”王使往告太子，太子入賀。】

其三百二十五

偏私賂請錮心身，取舍愛憎亂僞眞。
安得盡將諸吏部，滌他腸胃使官人？

其三百二十六

興德爲君差可嘉，申明冠服更靡奢。
最憐發政施仁處，孤寡耆年惠澤加。

【興德王禁奢侈，申冠服之制。巡幸國南州縣，存問耆老孤寡，賜穀布有差。】

其三百二十七

郭巨埋兒得釜金，嗟哉孫順又於今。
天賜石鍾君賜米，年年三十寵優深。

【新羅民孫順，傭作養母。謂妻曰：「兒奪母食，將埋之。」負兒，至北郊掘土，忽得石鐘，形甚奇，聲春容。妻曰：「得此異物，殆兒之福。不可埋也。」順從之。王曰：「昔郭巨埋子，天賜金釜，今孫順埋兒，地出石鐘，皆孝感所致。」歲賜米三十石。】

其三百二十八

悌隆爭立與均貞，陽立均貞已正名。
舉衆圍宮還大亂，弒均貞者是金明。

【興德王薨，無嗣。從祖弟均貞，從祖弟之子悌隆爭立。金陽與祐徵奉均貞立之。侍中金明圍王宮，弒均貞，立悌隆，是爲僖康王。明又弒之，而自立。】

其三百二十九

既弒均貞立悌隆，如何又弒據王宮？
再弒其君仍自立，悖凶如此詎能終？

其三百三十

祐徵能勵臥薪心，清海收兵上帝臨。
更與金陽同討賊，金明誅死理終諶。
【均貞子祐徵收餘兵，往投清海大使張保皋，謀復父讎。禮徵、良順亦歸。金陽亦募兵入清海，奉祐徵，討金明誅之。】

其三百三十一

禮徵迎入祐徵來，旋發背疽亦可哀。
無乃是時羅運促，歷年繼序每相催？
【禮徵等迎立祐徵。在位四月，瘡發背薨。】

其三百三十二

鄭年才勇保皋知，不念舊嫌是得宜。

可惜怨王違昔約，被誅亦以坦無疑。

【張保皇、鄭年，皆善戰不相下，俱入唐，無敢敵者。後，保皇還國，得鎮；年失職飢寒，就食於保皇。保皇與之飲極歡。聞變，分兵五千，付年討賊。初，神武王投淸海鎮，與保皇約，苟得復讎，當以卿女配我子。至文聖王欲納女，群臣諫止。保皇怨王，據鎮叛。閻長佯叛，投保皇。保皇愛其勇，無所疑，與之飲。及醉，奪保皇劍，斬之。】

其三百三十三

必先妖孽國將亡，歷考史書理可詳。
五虎入宮三日竝，羅朝運訖足堪傷。

其三百三十四

善觀善對有膺廉，謂見三人美行兼。
圭復此言難可得，不驕不侈復能謙。

【憲安王會群臣於臨海殿。王族膺廉年十五，王曰："汝見善人乎？"對曰："臣見三人：一，勳閥子弟而不先人自下；一，家富而被服不侈；一，勢榮而驕氣不形。"王曰："朕閱人多矣，無如膺廉。"以長女妻之，是爲寧花夫人。】

其三百三十五

憲安亦是善觀人，來汝膺廉意轉親。
公主妻之猶未已，更留遺命俾居辰。
【憲安王無嗣，遺命立膺廉，是爲景文王。】

其三百三十六

不論同姓已成風，駙馬何嫌宗室中？
若使膺廉曾異姓，應如昔氏與之公。

其三百三十七

寧花兄弟似皇英，大位相傳故事明。
景文應欲追堯舜，故納次妃以曲成。
【景文王納寧花夫人弟爲次妃。】

其三百三十八

羅王遊樂鶴城從，失道迷茫暗霧重。
至今人說開雲浦，昔日憲康禱海龍。

【憲康王出遊鶴城，還至海浦，忽雲霧冥曀，迷失道。日官云："東海龍所變也。"乃禱海神，爲龍創望海寺。雲開霧散，因名"開雲浦"。】

其三百三十九

詭服奇形號處容，凝歌獻舞大王從。
級干賜爵還多事，不識他山石可攻？

【有異人處容，詣王前歌舞，奇形詭服。從王入京，王賜爵級干。】

其三百四十

衣巾詭異四神人，歌舞導王底事因？
智理多逃都破破，分明諷警意含眞。

【又有四神人衣巾詭異，形容可駭，不知所從來，歌舞駕前，云"智理多逃，都破都破"等語。蓋謂以智理國者多逃，而都邑將破，故歌以警之。時人不知，反以爲瑞。或云"地神、山神也"。】

其三百四十一

此時亦已詔風昌，不解其歌反謂祥。
鮑石亭兼望海寺，君臣耽樂日爲常。

其三百四十二

月上樓登風物奇，邊寧民足可遊嬉。
臣稱聖德君嘉乃，氣象好時國勢危。

【憲康王登月上樓，謂侍中敏恭曰：“聞民間覆屋以瓦，不茅茨；炊飯以炭，不薪樵。有諸？”對曰：“歲登民足，邊境寧謐，市井歡樂，皆聖德所致。”王欣然曰：“實賴卿等輔佐之力。”】

其三百四十三

臨海殿高日永春，朝廷無事燕群臣。
君王倚醉彈琴罷，左右歌詞競艷新。

【王燕群臣於臨海殿。酒酣，王鼓琴，左右各進歌詞，極歡而罷。】

其三百四十四

十二入唐隨海船，登科十八亦青年。
黃巢檄草高駢幕，天下奇才果孰肩？

【崔致遠，字孤雲，一字海雲，沙梁部人。十二隨海舶入唐，尋師力學。十八登第，爲侍御史內供奉。及黃巢叛，爲高駢從事，檄文狀牒，俱出其手。巢見檄，不覺下牀，自此名振天下。】

其三百四十五

廿八東歸奉詔遙，世多疑忌迹還超。
百里何能展驥足？謾陳時務十餘條。

【憲康王十一年，致遠奉帝詔東還，時年二十八。王留爲侍讀兼翰林學
士、兵部侍郎，欲展所蘊，而政衰多疑忌，不能容，出爲太[58]山太守。眞
聖主時，爲富城太守，進時務十餘條。王以爲阿飡。自傷不遇，無復仕進
意，自放山水間，若慶州南山、剛州氷山、陜州淸凉寺、智異山雙溪
寺、合浦縣月詠臺，皆其遊玩之所。後，挈家隱伽倻山，與母兄浮屠賢俊
及定玄師，結爲道友以終老。太山郡，今泰仁縣；富城郡，今瑞山郡。】

其三百四十六

孤雲身世似孤雲，出岫不堪持贈君。
世亂還東東亦亂，靑山綠水我心欣。

其三百四十七

平生蘊抱未曾施，供奉翰林夢裏疑。
欲知妙歲文章驗，請看顧雲送別詩。

58　太：《三國史記》에는 "大".

【孤雲將還，學士顧雲送以詩。曰：“十二乘舟渡海來，文章感動中華國。十八橫行戰詞苑，一箭射破金門策。”】

其三百四十八

鷄林黃葉鵠靑松，時事傷心歸興濃。
飄然一入伽倻裏，夫子宮中享祀從。
【致遠知新羅將亡，有“鷄林黃葉，鵠嶺靑松”之句。】

其三百四十九

善德司晨已可嘆，繼承眞德又心寒。
定康看作傳家法？遺命胡爲女弟曼？
【定康王無嗣，遺命曰：“女弟曼，天資明銳，卿等宜倣善德、眞德故事，立之。”】

其三百五十

司似牝鷄淫似狐，政謨於汝更何誅？
魏弘縱死還無惜，天下元多美丈夫。
【眞聖主淫穢瀆亂，素與角干魏弘通，常入內用事。弘死，潛引年少美丈

夫，私之，授以要職。佞幸肆志，貨賂公行，紀綱壞弛，盜賊蜂起。】

其三百五十一

高居君位與民歡，穢亂宮闈國事殘。
此時年少美男子，不患不能得好官。

其三百五十二

佞幸專權貨賂行，政荒民怨盜縱橫。
阿誰學得賓王檄，譏謗當時榜路程？
【有人譏謗時政，榜於朝路。或告曰："必文人不得志，大野隱者王巨仁所
爲。"命下獄，將誅之。】

其三百五十三

隱者巨仁枉見疑，可憐繫獄待誅夷。
鄒衍于公數句語，詩成冤憤壁書悲。
【巨仁憤怨作詩，書獄壁曰："于公痛哭三年旱，鄒衍含悲五月霜。今我幽
愁還似古，皇天無語但蒼蒼。"是夕，忽震雷雨雹，主懼，釋之。】

其三百五十四

雨雹震雷似旱霜，皇天莫道但蒼蒼。
主心一懼囚仍釋，勝似古時枉死亡。

其三百五十五

弓裔生時亦有徵，屬天白氣似虹升。
重午以生生有齒，不如只作善宗僧。

【弓裔，憲安王庶子。生時，屋上有素光若虹，上屬天。日官奏："兒以五月
五日生，生而有齒，且光焰異常，不利於國。"王命勿舉，使者投之樓下。
乳母竊捧之，手觸眇一目，抱而逃。年十餘，祝髮爲僧，號"善宗"。】

其三百五十六

投下高樓賴乳婆，手振目眇迹仍遁。
後來叛國徒爲亂，恨不當時殺了他。

其三百五十七

祝髮如何不老僧？牙籤落鉢詫奇徵。

聚衆忽思乘亂起，竹箕原吉遍依憑。

【弓裔自稱"彌勒佛"，不拘僧律，軒輊有膽氣。有烏銜牙籤，落鉢中，書
"王"字，頗自負。見國家衰亂，潛聚黨，初投竹州賊箕萱，不禮之，棄去
從北原賊梁吉。吉委任之，分兵東略地，累戰輒勝。北原，今原州。】

其三百五十八

羅王畫像劍興州，國號後麗得意秋。
渠身自是羅王子，何事爲麗志復讎？

【弓裔初都松岳，自稱"後高句麗"。嘗怨新羅請兵於唐，滅句麗，常曰：
"吾必爲高句麗復讎。"興州寺壁上，見新羅王畫像，拔劍擊之。】

其三百五十九

甄萱不過叛逋徒，來乳胡爲彼於菟？
始知不必膺天命，嘯聚一時亦暗扶。

【萱，尙州人，本姓李。父阿慈介耕野，母饁之，置萱林木下，虎來乳之。
年十五，自稱"甄萱"，從軍入京。見女主淫昏，民飢盜熾，潛懷異志，嘯聚
亡命，劫略州縣。仍投北原賊梁吉，襲武珍，自立爲王。西略至完山曰：
"吾原三國之始，馬韓先起。百濟開國，傳世六百，爲新羅所滅，予欲雪義
慈宿憤。"遂都完山，國號"後百濟"。】

其三百六十

民飢政亂起風塵，聚衆五千襲武珍。
自改姓甄稱後濟，未知於濟有何親？

其三百六十一

後濟後麗裔及萱，報讎雪憤各爲言。
想渠恥作無名盜，強托舊邦使己尊。

其三百六十二

松嶽初都摩震名，鐵圓徙後泰封更。
三改元年分百職，此時弓裔好橫行。

【裔攻取浿西道及漢州三十餘邑，國號"摩震"。後，改泰封，徙都鐵原。
初，紀元武泰，設百官，又改元聖冊，又改水德萬歲。】

其三百六十三

自立爲王甄與弓，俱投梁吉各爭雄。
一從萱據完山後，赤袴西南賊嘯風。

【賊起國西南，至京西部，赤其袴以自識，屠害州縣。】

其三百六十四

眞聖自知罪不容，遂將大位付青宮。

十年女主今雖退，無補民窮與盜蜂。

【主立憲康王庶子嶢爲太子，十一年禪位。】

其三百六十五

朴氏止於阿達羅，相傳金姓歷年多。

畢竟國人迎遠裔，始知天理妙無差。

【阿達羅王後，朴氏遂絶。至孝恭王，無嗣，國人立阿達羅遠孫景暉，是
爲神德王。】

其三百六十六

龍顔日角聖君生，滿室神光松嶽城。

天遣道詵來致命，待公弘濟一言明。

【王建父隆與妻韓氏，築室松岳之南。僧道詵來憩門外，謂隆曰："明年當
生貴子。"果以憲康王三年丁酉正月，生建。神光紫氣滿室，龍顔日角，

方頤廣顙，器度雄深。年十七，道詵復至，請見曰："三季蒼生待公弘濟。"因告出師、置陣、地利天時之法。建年二十，隆說裔曰："大王若欲王朝鮮、肅慎之地，莫如先城松岳。"裔從之，使建爲城主。】

其三百六十七

明珠異夢降神僧，禪戒親傳惠徹曾。
白鷄山裏玉龍寺，宴坐忘言子獨能。

【道詵，姓金，新羅靈巖人，太宗王孽孫。母姜氏夢人遺明珠一顆，使吞之。有娠，旣育，夙成異凡兒。祝髮迻山，受禪戒於惠徹、智藏，廓爾超悟。遊無定所，至興陽縣白鷄山玉龍寺，愛其幽勝，改葺堂宇，宴坐忘言三十五載，終年七十二。】

其三百六十八

種稑種麻語頗奇，鏡書塔夢競追隨。
麗朝遂作傳家訓，五百年來治雜夷。

【初，道詵見隆曰："種稑之田，何以種麻?"遂與登鵠嶺曰："此地明堂，明年必生聖子，宜名王建。"隆從其言。俗謂延慶宮基，爲"老鼠下田形"云。建嘗夢見九層金塔立海中，自登其上。唐商客王昌瑾，見一老人，買古鏡，隱隱有細字，云："上帝降子於辰馬，先操鷄，後搏鴨。"又曰："二龍見，一則藏身青木中，一則現形黑金東。"昌瑾獻之，宋含弘等解之曰：

"辰馬，辰韓、馬韓也；靑木，松也；黑金，鐵也，鐵圓之謂也；鷄鴨，王公先得鷄林，後收鴨綠之意也。"】

其三百六十九

操鷄搏鴨命由天，靑木黑金理頗玄。
亂世姦雄渾不識，強將智力欲爭先。

其三百七十

弓裔虐猜恣毒痡，日殲數百信讒誣。
獨也不能害王建，天應送爾作先驅。

其三百七十一

位冠百僚績屢新，每求外鎭爲全身。
古來亂世多賢俊，懼禍畏讒幾箇人？
【建畏讒，不樂居位，每求出鎭。】

其三百七十二

泰封凶虐日層滋，撞殺其妻竝兩兒。
笑他彌勒觀心法，不識人心屬建時。

【裔常云：「我得彌勒觀心法，能知人奸謀。」動以叛逆構人，日殺數百。其
妻康氏正色諫，裔怒，以烈火燒鐵杵，撞其陰殺之，并殺其兩兒。】

其三百七十三

申卜洪裴夜共尋，夫人亦自帳中深。
提甲一呼爭鼓譟，人心所在卽天心。

【泰封將洪儒、裴玄慶、申崇謙、卜智謙等，夜詣建第，密謀推戴。建拒
之，夫人柳氏從帳中出曰：「聞諸公議，妾猶奮發，況大丈夫乎？」提甲以
被之，諸將扶擁而出。國人先至宮門，鼓譟以待者萬餘人。】

其三百七十四

驚出北門隻影遄，可憐弓裔安歸乎？
豪時鐵國曾無敵，窮處斧民亦足誅。

【裔聞變，驚曰：「王公得之，吾事已矣。」出北門亡走，爲斧壤民所害。】

其三百七十五

三韓統合整乾坤，國號高麗天授元。
弘濟蒼生非不美，貽謨只恨未澄源。

【建即位，國號"高麗"，改元天授。】

其三百七十六

移都松嶽壯王居，奉佛惟先發政初。
十寺糜財標俗尚，八關設會化州閭。

【高麗移都松岳，陞爲開州，改鐵圓爲東州，以平壤爲西京。創法王、王
輪等十寺于都內，兩京塔廟之肖像廢缺者，竝令修葺，設八關會。】

其三百七十七

名驄絕影有何徵？既獻復還苦不恒。
從古此流惟信讖，一聞某讖便依憑。

【萱獻絕影島驄馬一匹。後聞讖云"絕影名馬至，百濟亡"，乃悔之，使人
請還。麗王笑而許之。】

其三百七十八

景哀洼縱更堪嗟，鮑石亭高樂事多。

一曲《繁華》長夜飲，何如昔日《後庭花》？

【王洼縱無道，與宮人左右，出遊鮑石亭，令美人奏《繁華》之曲，時人比之《後庭花》。】

其三百七十九

甄萱猝入可如何？驚罷《繁華》一曲歌。

城南自有離宮邃，不患竄身忍頃俄。

【萱兵猝至，王與夫人走匿城南離宮。】

其三百八十

逼王自殺辱王妃，子女寶珍盡取歸。

縱兵更亂諸嬪妾，自古國亡似此稀。

【萱縱兵大掠，索王逼令自盡，强辱王妃，縱其下，亂諸嬪妾。乃立金傅爲王，盡取子女、百工、兵仗、珍寶以歸。】

其三百八十一

金傅生丁國運頹，爲萱所立亦哀哉。
英主此時難再復，況如敬順自庸才？

其三百八十二

討萱當日義旗揮，邀戰公山暫失機。
賴有崇謙追紀信，麗王幸得脫重圍。

【麗王聞變，率精兵五千，邀萱於公山大戰。不利，萱兵圍王急。大將申崇謙容貌酷似王，使王隱於礙藪，代乘王車，力戰死之。王遂得脫。追諡"壯節"。】

其三百八十三

臨海殿頭宴兩王，泫然泣下語堪傷。
興亡摠是天監德，羅運訖時麗自昌。

【羅王遣使麗王請相見，麗王以五十騎往。宴于臨海殿，羅王曰："小國不天，爲甄萱椓喪，何痛如之？"泫然泣下。】

其三百八十四

豺虎視甄父母王，民情可見判興亡。
古今此理昭昭驗，怪彼一時詑暴強。

【麗王會羅王，留數旬而還。都人士女相慶曰："昔甄氏之來，如逢豺虎，
今王公之至，如見父母。"】

其三百八十五

古昌郡下卽甁山，擊走甄萱拓地寬。
金爲城主權張次，好取大匡大相官。

【麗王次古昌郡之甁山，與萱戰。萱敗走，東方州郡二[59]十餘城皆降。以
古昌城主金宣平爲大匡，權幸[60]、張吉爲大相，陞其郡爲安東府。後，三
人竝祀郡社，之後，稱爲"三太師廟"。】

其三百八十六

不傳神劍傳金剛，溺愛甄萱自取亡。
古來捨長多生變，何況渠家事奪攘？

59　二：《高麗史》·《高麗史節要》·《東史綱目》에는 "三".
60　權幸：《高麗史節要》에는 "權行"，《東史綱目》에는 "金幸".

【萱有子十餘人。第四子金剛，身長多智，萱愛之，欲傳位。伊湌能奐[61]
與萱子良劍、龍劍等，勸其兄神劍作亂。立神劍爲王，幽萱於金山佛宇，
殺金剛，以巴達等三十人守萱。童謠曰："可憐完山兒，失父涕漣洏。"萱
在金山三月，飮醉守卒，與季男及嬖妾等，奔羅州。麗王以海路迎之，待
以厚禮，稱爲"尙父"。】

其三百八十七

甄家三劍摠豺狼，更有能奐鼓禍殃。
金山佛寺幽其父，殺弟不虞篡位忙。

其三百八十八

可憐失父完山兒，果驗童謠板蕩時。
飮醉守兵仍脫走，投降只是在高麗。

61 奐 : 저본에는 "興". 《三國史記》·《高麗史》에 근거하여 수정. 이하 모든 "能興"
은 "能奐"으로 고치고 교감기를 달지 않음.

其三百八十九

海路迎萱已曲施，尊稱尙父又胡爲？
若法先王聲討義，弒君大罪合誅夷。

其三百九十

羅王決意入開京，庭見稱臣禮具成。
國君死社堂堂義，忍作降俘受寵榮。

【羅王以四方土地盡爲他有，不能自立，謀降高麗。王子諫曰："當與忠臣
義士死守，力盡則同死社稷。豈宜以千年社稷，一朝輕與人乎？"王曰：
"不忍使無辜之民，肝腦塗地。"齎書請降。王子哭泣辭王，入皆骨山，倚
巖爲屋，麻衣草食以終身。史失其名。麗王御天德殿，受庭見之禮，館于
柳花宮，妻以長女樂浪公主。拜金傅爲政丞[62]，封樂浪王。除新羅國爲慶
州。新羅，朴氏十王，昔氏八王，金氏三十七王，合五十五世，女主三人，
共九百九十二年。】

其三百九十一

千年宗社忽成丘，國除新羅是慶州。

---

62 政丞：《三國史記》에는 "正承公".

三立女君三易姓，規模秖足使人羞。

其三百九十二

新羅王子炳然心，史失其名義獨森。
清風千古誰能比？惟有漢家北地諶。

其三百九十三

父王不聽大經綸，慟哭拜辭矢隱淪。
麻衣草食巖爲屋，皆骨山中了此身。

其三百九十四

樂浪主妻柳花宮，麗祖立妃敬順宗。
曁孫又娶羅王女，羅祀雖亡外裔豐。

【金傅來降，麗祖甚喜曰："願結婚於宗室，以永舅甥之好。"王曰："我伯
父億[63]廉有女，德容雙美，可備內政。"太祖娶之，是爲神成[64]王后。太祖

---

63 億：저본에는 "福". 《三國史記》·《高麗史》에 근거하여 수정.
64 成：저본에는 "聖". 《高麗史》·《高麗史節要》·《東史綱目》에 근거하여 수정.

孫景宗仳聘政丞公之女爲妃，是爲獻肅[65]王后。仍封政丞爲尙父，諡"敬
順"。】

其三百九十五

甄萱諸子窮降初，討罪賞功固不疏。
三劍未能斬一劍，謾敎老賊憤生疽。
【萱旣投高麗，其壻朴英規致書於萱曰："若擧義兵，請爲內應。"萱請兵
於麗王曰："願仗威靈，以誅賊子。"王討之，神劍等降。王責能奐曰："始
與良劍等謀，囚君父者，汝也。"誅之。流良劍、龍劍，尋殺之。以神劍爲
人所脅，且以歸命乞罪，特原之，授英規官。萱憤懣發疽死。】

其三百九十六

天竺僧來有甚裨，躬迎法駕備威儀？
殷鑑元知在夏世，麗謨胡更襲羅爲？

65 獻肅：저본에는 "憲承". 《高麗史》·《東史綱目》에 근거하여 수정.

其三百九十七

橋下尙傳死橐駝，契丹無道恥連和。
善辭不受斯猶可，結怨其如後患何？
【二十五年，契丹遺橐駝五十匹。王以爲無道之國，不足遠結爲隣，流其
使三十人于海島，繫橐駝萬夫橋下，皆餓死，因名其橋曰"橐駝橋"。"無
道"云者，以契丹與渤海敗盟殄滅也。】

其三百九十八

麗祖訓要著十條，詒謀垂裕一篇昭。
如何反復丁寧語，只在燃燈創寺寮？

其三百九十九

祖訓永垂萬世綱，子孫不忘率由章。
惠宗以後成家法，佛禍日新邃至亡。

其四百

麗祖詒謀十訓明，子孫惟意鮮能行。

只是一條崇佛語，傳之世世摠由誠。

其四百一

謀立廣君譖堯昭，若明厥罪可誅梟。

妻弟何須長公主，用強其勢使難搖？

【初，太祖納大匡王規女，生一子，曰"廣州院君"。規謀欲爲嗣，數譖王弟堯及昭。王知其誣，恩遇愈篤。規夜遣其黨，潛入臥內，將弑之，王覺之，一拳卽斃。不復問。後，規又夜帶人，穴壁而入，王已知幾，潛徙他殿，得免。亦不罪。以長公主妻昭，用強其勢。公主從母姓，稱"皇甫氏"。長公主，太祖女也。】

其四百二

羅朝不避莽功親，以女配男麗滅倫。

猶欲强追吳孟子，諱稱外姓儻欺人。

【自新羅多娶同姓，至犯莽功之親，至麗不改。後，凡娶同姓，皆諱稱外氏。】

其四百三

再謀弒逆是王規，頗怪惠宗任所爲。
若道恢弘仍不問，如何成疾崇危疑？
【惠宗自有王規之變，危疑成疾而薨。史云：“多所疑忌，喜怒無常，群小
並進，內外嗟怨。”】

其四百四

王規謀弒太凶狂，未售前王又後王。
一仗式廉誅得快，勝如疑忌政無常。
【規又欲弒新王堯，大匡王式廉謀竄規甲串，追斬之。】

其四百五

尊崇舍利步人君，開國寺中敬奉勤。
發丁更作西京闕，圖讖奇文有所云。
【王奉佛舍利，步至開國寺安焉。又以穀七萬石，納諸寺院。信圖讖，將
移都西京，發丁夫營宮闕。及薨，役夫喜躍。】

其四百六

禳災修德司天云，《貞觀政要》講讀勤。

大風拔木眞爲警，能問能行可謂君。

【光宗昭立，大風拔木。王問禳災之術，司天奏："莫如修德。"自是常讀

《貞觀政要》。】

其四百七

雙冀設科㓹我東，賦詩頌策試才公。

莫道文風從此盛，後來流弊轉無窮。

【後周人雙冀隨冊使來，以病留。王表請爲僚屬，授以文柄。因命知貢舉，

試以詩、賦、頌及時務策，賜進士及第，文風乃興，科舉始此。】

其四百八

創寺禁屠作治規，惠居爲傅坦文師。

猜疑信讒偏多殺，佛法如何乃有斯？

【光宗十九年，創弘化、遊巖、三歸寺，以僧惠居爲國師，坦文爲王師。

列置放生所，禁斷屠殺。而猜忌日甚，信讒多殺，讒佞得志。奴訴其主，

子訴父母，一子怞亦自疑阻，人人疑懼，莫敢偶語。】

其四百九

成宗下令直言求，承老上書爲國謀。
二十八條無諱隱，當時能有採行不？

【上柱國崔承老上書，陳五朝政化得失及時務二十八條，極言無諱。】

其四百十

叔妃皇甫姪妃劉，外姓諱稱不識羞。
弘德君妻何必取？絶其後嗣彼天由。

【光宗妃皇甫氏，太祖女。成宗妃劉氏，光宗女。史稱所謂"劉后"，卽從姊妹，其失一也。嘗適弘德院君，今納爲妃，其失二也。尊崇失身者爲宗祀主，其失三也。雖致小康，後嗣遂絶，良有以也。】

其四百十一

成宗美政史班班，廟社初新罷八關。
創學求賢崇節義，置倉祈穀岬孤鰥。

【王祈穀于圜丘，配以太祖。耕籍田，祀神農，配以后稷。立五廟、社稷。以八關會雜技不經，罷之。創國子監，崇節義，求賢。岬民，京城及諸州府，各置義倉。諮十二牧曰："無滯獄訟，懋實倉廩，賑岬窮民，勸課農桑，輕繇薄賦，處事公平。"】

其四百十二

皇甫淫荒人盡夫，郁烝亦是自家謨。
初既不能嚴內外，薄施流竄又何迂？

【郁，太祖第八子。景宗薨，妃皇甫氏出居私第，郁烝之，有娠。王知之，
流郁于泗水縣。妃生子詢，後爲顯宗。妃，戴宗女。嘗夢"登鵠嶺旋，流入
國中，盡成銀海"。卜之，曰："生子則王，有一國。"戴宗，成宗考。】

其四百十三

莫禦遜寧只自慄，或言割地或言降。
最是中間奇議在，欲投倉米大同江。

【契丹遣蕭遜寧侵高麗，聲言欲復高句麗舊地。王議群臣，或言乞降，或
言割平壤以北與之。議開西京倉米，任百姓取之，餘者投大同江。侍郎徐
熙曰："食足，城可守。且食者，民之命，寧爲敵所資，何可虛棄江中？"】

其四百十四

盈廷群議誾爭奇，欲送丹營摠似癡。
若非當日徐熙往，納地拜庭無不爲。

【王欲送大臣，詣丹營議和，群臣無應者。熙請自往。遜寧欲令拜於庭，
熙曰："兩國大臣相見，何得如是？"遜寧許升堂行禮。又索還句麗舊地，

熙曰：“我國，卽高句麗之舊也，故號高麗，都平壤。何以謂還？”辭氣慷
慨，遜寧知不可屈，遂許和而退。】

其四百十五

陽賊私通郁亦烝，一兒何愛一何憎？
大良君奉東朝命，神穴寺中勒作僧。
【詢旣長，封爲大良院君。太后皇甫氏與外族金致陽通，生子，謀爲王。
後，忌大良君，逼令爲僧，出居三角山神穴寺。】

其四百十六

太后致陽欲害詢，陰謀凶計及重宸。
由來一女傾人國，幾致王金亂僞眞。
【太后數遣人，謀害大良君。有老僧穴地匿詢，上置臥榻，以防不虞。及
穆宗疾篤，致陽謀殺詢，仍欲作亂。王召蔡忠順曰：“太祖之孫，惟大良
君在，卿與崔沆盡心匡扶，勿使社稷屬異姓。”】

其四百十七

急召大良欲正名，乘時康兆又稱兵。

將相無人渾可歎，任他廢立自橫行。

【穆宗送人，迎大良君於神穴寺，仍徵西北面巡檢使康兆入衛。兆因先迎立大良君，逼王幷太后移忠州，遣人弒王於積城。又殺致陽父子，放太后于黃州，流太后親屬于海島。】

其四百十八

兆行弒逆爲身謀，自謂立王功莫儔。
快殺致陽父子後，却將太后放黃州。

其四百十九

麗朝家法欲無譏，姊妹至親每翟褘。
顯宗旣納成宗女，又納敬章女作妃。

【顯宗納成宗女爲妃。後，又納敬章太子女爲妃。敬章，戴宗第二子。】

其四百二十

兆禦契丹問罪師，如何對敵却彈棋？
穆宗靈魄猶能叱，只恨虜兵縛斬遲。

【契丹主遣使問前王之故，仍自將步騎四十萬，渡鴨綠江。王使康兆出鎭

通州，禦之。丹兵猝至，兆方與人彈棋，驚起。怳惚若見穆宗立其後，叱
曰："汝奴休矣。天伐，詎可逃耶？"兆卽脫鍪，長跪曰："死罪死罪。"言未
訖，丹兵縛兆去。丹主斬之。】

其四百二十一

麗臣見敵但言降，賴有姜公克保邦。
試看宸章告身後，偉勳殊寵世無雙。
【契丹進陷西京，群臣議降。姜邯贊獨曰："當避其鋒，徐圖興復。"勸王南
幸。契丹陷京城，王遣使乞和，丹兵歸。王還都後，以邯贊爲西京留守。
王手書告身後曰："庚戌年中有虜塵，干戈深入漢江濱。 當時不用姜公
策，舉國皆爲左衽人。"】

其四百二十二

兪義奪田固未當，武臣作亂太凶狂。
馴致後來仲夫變，世人可不戒氷霜？
【時，百官祿俸不足，文臣皇甫兪義等建議，奪京軍永業田，以充祿俸，
武官頗不平。金訓、崔質等激衆怒，鼓譟闌入禁中，縛兪義、張延祐等，
捶撻垂死。請罷御史臺、三司，文官皆以武臣兼之。王重違衆志，從之。
流延祐、兪義等。】

其四百二十三

稱兵訓質勢如雷，遂罷文臣御史臺。
顯宗應惻前王事，一任凶鋒亦可哀。

其四百二十四

雲夢千秋好作柯，西京杯酒代干戈。
王家自有誅兇劍，何必詭謀設網羅？
【時，武臣用事，布列臺閣，朝綱紊亂。李子琳說王以雲夢之遊。王僞遊
西京，宴群臣，乘訓、質等醉，執殺之。】

其四百二十五

偉功邯贊龜州城，殲盡契丹十萬兵。
迎凱綵棚顔有喜，金花親揷八枝明。
【契丹蕭排押[66]率十萬兵來攻。王以姜邯贊爲上元帥，姜民瞻副之。屢
戰，大破丹軍，又戰於龜州，僵尸蔽野，生還者僅數千人。契丹前後出
師，敗衄之慘，未有甚於此時。邯贊凱還，王親逆於迎波驛，結綵棚，宴

---

66 排押：底本에는 "遜寧"，《高麗史》·《高麗史節要》에도 "遜寧"으로 되어 있으
나，《遼史·蕭巴雅爾傳》에 근거하여 수정.

將士。以金花八枝，親挿邯贊頭，左執手，右執酒，慰歡不已。進爵開國
侯食邑千戶。】

其四百二十六

契丹大衄已褫魂，千里煙塵靜塞垣。
威讋德懷元上策，如何奉表願稱藩？

【龜州破丹之明年，遣使奉表如契丹，請稱藩。契丹遣使冊王，賜車服儀
物。自是，復行契丹年號。】

其四百二十七

正學吾東溯以求，文昌侯又弘儒侯。
瞻彼泮林夫子廟，兩賢從祀永千秋。

其四百二十八

文曲星來用濟艱，桑林雨禱澤霑寰。
如何不守先王憲，三十年間復八關？

【姜邯贊，衿州人。始生有大星隕于其家。及爲相，宋使來見，不覺下牀，
拜曰：“不見文曲星久矣，今在此。”十五年，旱甚。王齋沐，立殿庭，仰天

祝曰：“寡人有過，請卽降罰；萬民有過，寡人亦當之。乞垂膏澤，以救元
元。”遂大雨。成宗罷八關會幾三十年，復之。】

其四百二十九

雙冀刱行科舉規，又名監試德宗時。
弊俗至今那可救？儒生奔競考官私。
【德宗時，設國子監試，試以賦及六韻、十韻詩。監試之法，始此。】

其四百三十

姜公事業築京城，二十二年始乃成。
更有柳韶防北界，一千餘里石崢嶸。
【姜邯贊以京都無城郭，請築之。凡二十二年而畢役。德宗命柳韶創置北
界關城。起自西海濱，東傅于海，延袤千餘里，以石爲城。】

其四百三十一

史敍德宗行頗良，去讒任舊孝居喪。
如何家法甘禽獸，以妹爲妃視作常？
【納金氏爲妃，顯宗之女。】

其四百三十二

寺塔創增命自尊，勞民興怨謾爭論。
試看當時門下省，有言不用可無言。

【文宗令曰：“聖祖以來，代創佛寺，以資福慶，其令有司擇地加創。”門下
省奏曰：“自古聖帝明王，無有創起寺塔，以致太平者。聖祖創寺，一以
壓山川之違背，一以酬統合之志願耳。今增創新寺，勞民興怨，非所以
致太平也。”不從。】

其四百三十三

守令及民欲細知，遣人詢察儘便宜。
未審當時按驗使，果能一一不虛欺？

【文宗分遣撫問使於十三道，按驗守令勤慢、百姓苦樂。】

其四百三十四

欲矯抗之試用情，封繼卽是古糊名。
法愈密時奸愈長，恐教巧詐轉縱橫。

【國子司業黃抗之考試甚濫，鄭惟產請行封繼法。貢闈封繼，自此始。】

其四百三十五

文宗善繼也非他，崇佛聚塵最則柯。

莫言倭貊爭來貢，其奈大綱不正何？

【文宗又納金氏爲妃，顯宗女也。日本來聘，女眞請內附。史稱："東倭、北貊獻琛叩關，時號治平。獨其佛宇之侈，侔於蕭梁；塔廟之盛，擬諸新羅。"】

其四百三十六

王子出家身以先，名門大族競同然。

百座道場會慶殿，毬庭廣設飯僧筵。

【文宗令王子煦及竀爲僧。自此子孫視爲家法，一時名門大族爭慕效之。設百座道場於會慶殿三日。飯僧一萬於毬庭，二萬於外山名寺。】

其四百三十七

興王寺創三千間，十二年來竭巧般。

法駕行香宵作晝，彩棚火樹又燈山。

【興王寺，凡二千八百間，十二年而功畢。王欲設齋以落之，設燃燈大會五晝夜。自闕庭至寺門，結彩棚，連亘相屬。輦路左右，又作燈山、火樹，光照如晝。王備法駕，率百官行香。佛事之盛，曠古未有。】

其四百三十八

曠古初聞奉佛勤，更成金塔入青雲。
黃金爲表銀爲裏，空費金銀六百斤。

【又造金塔，以銀四百二十七斤爲裏，以金一百四十四斤爲表。】

其四百三十九

賴有崔冲學校興，九齋爭集遠方朋。
海東孔子當時號，何似關西夫子稱?

【冲，海州人。歷事四朝，出入將相。至老，致仕，收召後進，設九齋，敎誨不倦。時稱"海東孔子"。】

其四百四十

妹適弟時烝[67]輩爭，遵經據禮一言明。
宣宗不聽君休怪，家法相傳未忍更。

【宣宗妹積慶宮主，適王弟扶餘侯邃[68]。王弟金官侯烝[69]等，諫不可娶同姓。不從。】

67 烝：底本에는 "丞". 《高麗史》·《高麗史節要》에 근거하여 수정.
68 邃：底本에는 "遂". 《高麗史》·《東史綱目》에 근거하여 수정.
69 烝：底本에는 "丞". 《高麗史》·《高麗史節要》에 근거하여 수정.

其四百四十一

度外天災民怨興，江樓名寺遍遊登。

黃金鑄塔猶嫌薄，會慶殿中十二層。

【宣宗幸西京，江樓名寺，遍歷遊賞。置新鑄十三[70]層塔[71]、黃金塔于會慶殿。史稱：“遊幸無度，多創寺塔，天怒民怨，災異屢興。”】

其四百四十二

三角山前面嶽南，《道詵秘記》已先談。

宴吟遊幸無人諫，只請建都進說甘。

【《道詵秘記》云：“高麗有三京，松岳爲中京，木覓爲南京，平壤爲西京。”又云：“開國後百六十餘年，都木覓壤。”金謂磾因此請遷都南京，以時巡住。崔思諏奏：“三角山、面岳之南，山形水勢符合古文，請於主幹中心，壬坐丙向建都。”從之，肅宗時也。】

其四百四十三

西京遊幸復東池，設宴泛舟更賦詩。

---

70 三：底本에는 “二”. 《高麗史》·《高麗史節要》에 근거하여 수정.

71 塔：《高麗史》·《高麗史節要》에 근거할 때 衍文인 듯함.

惟有一條差可取，尋求箕墓立箕祠。

【肅宗泛舟東池，宴飲賦詩。幸西京，遍遊寺刹，泛舟賞宴，賦詩唱和。七年，禮部求覓箕子墓，立祠以祭。】

其四百四十四

侍中兵出女眞平，六鎭拓開築九城。
從古難容功不世，公然弘嗣反相傾。

【睿宗時，女眞旣平，畫定地界：東至火串嶺，北至弓漢伊嶺，西至蒙羅骨嶺。又相地，於蒙羅骨嶺下，築城廊九百五十間，號"英州"；火串嶺下築九百九十二間，號"雄州"；吳林金村築七百七十四間，號"福州"；弓漢伊村築六百七十間，號"吉州"。明年，又城咸州及公嶮鎭，立牌于公嶮爲界。又築宜州、通泰、平戎三鎭，爲北界九城，皆徙南界民以實之。後，女眞請還舊地，廷議以爲還之便，遂還九城。崔弘嗣等論敗軍之罪，收其鈇鉞，免官削功，尋拜太保上柱國，配享睿廟。】

其四百四十五

身都將相一書帷，樂善好賢史表章。
後世只論功業盛，先春片石獨流芳。

【史稱："尹侍中少登科，手不釋卷，及爲將相，好賢樂善。諡文肅。"初，平女眞，築九城，作記勒功，立碑於先春嶺爲界。】

其四百四十六

學宮酌獻講經仍，庫立養賢文教興。
何事一心分兩術，禮迎佛骨又齋僧？

【睿宗詣國學，酌獻于先聖、先師。命翰林學士朴昇中講說，百官及生員七百餘人，立庭聽講，各進歌頌。又立養賢庫於國學，以供多士，選名儒爲學官以教導之。又迎佛骨于禁中，以僧曇眞爲王師。重修安和寺，窮極奢侈。王親設齋五日，落成，求書扁額于宋帝，御書佛殿扁曰能仁之殿，命蔡京書額賜之。】

其四百四十七

睿宗行事苦無常，外欲要名內實荒。
佞佛崇儒耽唱和，舞歌粉黛與優倡。

【酌獻時，王製詩，令左右和進。又設八關會，自毬庭還至閣門前，駐蹕唱和，命倡優歌舞仗內，至三鼓。又好樂妓，玲瓏、遏雲以善歌，屢承恩賽。】

其四百四十八

藻華遊宴害治平，崔瀹諫書義理明。
如何反悅詞臣譜，怒貶朝陽一鳳鳴？

【睿宗如西京，泛舟大同江，與侍臣唱和。知制誥崔瀹上書曰："帝王當與經術之士討論經史, 諮諏政理。 安可與輕薄詞臣吟風弄月, 以喪天衷乎?"有一詞臣愬曰:"瀹短於詩, 故有此言。"王怒, 左遷瀹。是後, 日與詞臣遊宴, 哦詩唱和。】

其四百四十九

淸平居士李資玄, 鵠卵菴中且樂禪。
主上莫詢養性要, 苟非寡慾亦徒然。

【睿宗如南京, 召淸平居士李資玄, 問養性之要。 對曰:"莫善於寡慾。"資玄, 侍中顥[72]之子, 顥[73]三妹皆配文宗。資玄登第爲大樂丞, 以戚里避權勢, 棄官入春州淸平山, 作息菴, 團圓如鵠卵, 只得盤兩膝。默坐其中, 蔬食布衣, 耽禪忘世。累徵不赴曰:"臣始出都門, 誓不復踐京華。"上表曰:"以鳥養鳥, 庶無鍾鼓之憂; 觀魚知魚, 俾遂江湖之性。"】

其四百五十

處士郭輿善盜名, 烏巾鶴氅赴干旌。
唱和談論王左右, 金門羽客好流聲。

【睿宗時, 郭輿棄官, 隱居金州, 詭行欺世。王召致之, 輿以烏巾、鶴氅,

---

72 顥:底本에는 "頲". 《高麗史》에 근거하여 수정.
73 顥:底本에는 "頲". 《高麗史》에 근거하여 수정.

常侍左右，談論唱和。時人謂之"金門羽客"。】

其四百五十一

歌妓玲瓏與遏雲，諷詩被黜制科群。
若有朝臣能諫者，也應流配遠州軍。

【睿宗寵歌妓玲瓏、遏雲，國學生高[74]孝沖作《感二女》詩以諷之。王不悅，命黜赴制科。】

其四百五十二

資謙受冊釋喪衰，示警皇天大雨雷。
更納第三第四女，獰風拔木每彰災。

【睿宗納李資謙女爲妃，賜資謙功臣號。仁宗立，資謙居母哀，詔釋衰赴朝。冊功臣、朝鮮國公，百官進賀資謙第。資謙釋衰赴中書，百官又庭賀。是日大雷電以雨。資謙又納第三女，是日大風雨拔木。明年又納第四女，又大風雨。】

74 高：底本에는 "□".《高麗史》에 근거하여 보충.

其四百五十三

拜王答拜不稱臣，仁壽節名初度辰。
賴有朝廷金富軾，守經引古義方伸。
【朝議以資謙仁宗之外祖，上書表不稱臣，拜王，王當答拜。又欲以資謙
生日爲仁壽節，金富軾引漢、晉雜儀以爲不可，乃止。】

其四百五十四

同惡資謙與俊京，謀誅元自未分明。
凶黨滿朝機不密，古來促禍致危傾。
【資謙與拓俊京同惡樹黨，王惡之。金粲、安甫鱗[75]、智祿延等揣知王
意，謀誅之。資謙等踰城入，焚王宮，殺甫鱗、祿延，逼移王于南宮。又
劫王移御其第。】

其四百五十五

人臣專擅豈終臣？遲速雖殊叛逆均。
縱令早用仁存計，畢竟難逃禍及身。
【王嘗欲除資謙，金仁存言：“資謙黨與滿朝，不可輕去。”王不聽。至是，

---

75 鱗：《高麗史》、《高麗史節要》에는 “麟”. 이하 동일.

逼移重興宅。王步至山呼亭，歎曰：「恨不用金仁存之言。」】

其四百五十六

李拓舉兵殺祿麟，遷王西院火宮闈。
更移其第恣威劫，定是卓操托後身。

其四百五十七

請禪資謙亦可憐，仁宗此日似俘然。
若非李壽一言折，王氏烝嘗幾不延。

【仁宗恐被害，請禪位於資謙。資謙未敢發言，平章事李壽颺言曰：「上雖有詔，李公豈敢如是？」資謙意遂沮。】

其四百五十八

資謙因女逆謀行，進餅更將進藥名。
與烏烏斃還陽蹶，天命難容勢力營。

【資謙圖不軌，進毒餅中。李妃，資謙第四女也，密白王，以餅投烏，烏斃。又送毒藥令進，妃陽蹶而覆之。】

其四百五十九

十八子文解誤人，寢門兵入起煙塵。
當時幸用思全策，一賊臣誅一賊臣。

【資謙因十八子之讖，潛遣兵，將入王寢門。王嘗與內醫崔思全，謀去資謙，思全曰：「資謙所以跋扈者，惟是俊京。若得俊京，則資謙特一夫耳。」王使思全諭意於俊京，授判兵部事。至是，王密付書於俊京，俊京擐甲入宮，執囚資謙，流靈光郡，道死。奉王還宮，悉誅其黨。賜俊京等功臣號。】

其四百六十

蠻以攻蠻因隙嫌，俊京承命執資謙。
繫囚竄死雖云快，猶恨當時法不嚴。

【時，俊京與資謙有隙，故命俊京討之。】

其四百六十一

恃功跋扈古來然，況彼俊京何責焉？
知常論罪分前後，去歲元勳海島遷。

【俊京恃功跋扈，左正言鄭知常曰：「丙午五月之事，一時之功；二月之事，萬世之罪也。」乃流俊京于喦墮島。五月之事，謂討資謙；二月之事，謂與資謙逼遷王也。】

其四百六十二

災異層生不畏修，屢經逆變亦無憂。

爰及后妃兩公主，大同江上共龍舟。

【仁宗與妃及兩公主，幸興福寺。遂共御龍舟，宴樂于大同江，召侍臣侍宴。時，黃霧四塞，日色如血，災異不可勝紀。】

其四百六十三

新經李拓不思危，又惑妙淸左道欺。

日者壽翰同惡濟，導王詭誕欲何爲？

【妖僧妙淸以陰陽不經之說說王：「上京基業已衰，西京有王氣，宜移都。」日者白壽翰及鄭知常等贊其議。】

其四百六十四

得意妖僧喜主愚，西京王氣勸移都。

陰陽家說大花勢，天下可幷虜可俘。

【妙淸等上言：「西京林原驛地，是陰陽家所謂'大花勢'。若立宮闕御之，天下可幷，金國執贄以降。」王命創新宮移御。】

其四百六十五

西京物色盛繁華，移御新宮意自奢。
財殫民怨天應怒，故遣風雷震大花。

【移御大花闕。駕初發，暴風揚塵，人馬不能前。流星墜地，大如斗。六月，震大花闕乾龍殿。】

其四百六十六

林完一疏請誅清，近習交譽獨抗聲。
仁宗尚有君人度，不罪其言但不聽。

【國子司業林完上疏，請誅妙清曰：“妙清挾陰陽怪誕之說，眩惑上下。左右近習，交相薦譽，以爲聖人。其奸甚於宋朝林靈素。”王不聽。】

其四百六十七

賊髡果叛趙匡隨，國據西京號大爲。
若非富軾先治黨，不日掃清未可知。

【妙清與西京分司侍郎趙匡等，以西京叛，國號大爲，發兵分道，直趨上京。王命金富軾等討之，富軾先捕妙清黨與之在上京者鄭知常、金安、白壽翰等斬之，出師擊西京。匡斬妙清降，尋復叛。富軾攻拔西京城，匡自焚死。執賊魁崔永，斬之，西京悉平。】

其四百六十八

匡旣斬清復自焚，一時起滅似蚩蚊。

煽妖小物何須責？只恨愚迷季世君。

其四百六十九

富軾文章又武功，史修《三國》揭吾東。

可恨敦中還不肖，詔諛輕薄禍無窮。

【金富軾修《三國史》。其子敦中詔媚輕薄，當毅宗淫于遊宴之時，重修觀瀾寺，督發傍民，植松杉，築壇爲御室，飾以金碧。設宴西臺，王與侍臣酣飲盡歡，厚賜敦中。敦中又觸鄭仲夫怒，致文臣殺戮之禍，竟爲仲夫所殺。】

其四百七十

毅宗無道不知懲，淫樂驕奢亂日增。

襲明仰藥敦中進，申淑左遷懷俊升。

【鄭襲明久居諫職，有爭臣風。仁宗不豫，謂太子曰："治國當用襲明之言。"及王立，遊戲無度，襲明知無不言，王甚憚。幸臣金存中譖之，王以存中代其職。襲明揣知王意，仰藥死。金敦中以宮室遊宴進。申淑以清儉忠正著名，數直諫。嘗與臺諫許勢修等，論削王乳父宦者鄭誠職，

忤王意，左遷卒。朴懷俊以嬖幸從史媚悅。】

其四百七十一

猜疑素性絕天倫，又信讖書忍不仁。
欲流其弟先遷母，如此那無禍及身？
【毅宗性猜疑，素信圖讖，不友諸弟。密諭臺諫，劾流弟大寧侯暻於天安
府。恐太后救之，先遷太后於普提寺。】

其四百七十二

妙淸曾勸大花移，元度今言半月宜。
重興殿上風昏黑，客虎舉頭王不知。
【劉元度奏："白州兔山半月岡，若營宮室，七年之內，可吞北虜。"王徵
發海西丁夫，大營宮闕，日夜催督。既成，殿名重興。幸新闕受賀，是日，
天地昏黑，大風拔木。術者私語曰："此道詵所謂庚方客虎舉頭掩來之
勢，創闕於此，必有大禍。"】

其四百七十三

樓臺隨處使人驚，名勝尤稱衆美亭。

窮心悉慾超千古，桀紂陳隋是丐儕。

【毅宗時，土木之役甚煩。如萬壽亭、壽德宮、天寧殿、太平亭、觀瀾亭、養貽亭、萬春亭、靈德亭、壽樂堂、鮮碧齋、玉竿[76]亭、大觀殿、延福亭，橋曰錦花，門曰水德。稍遇佳境，輒構亭臺，淫于遊宴，惟日不足。又構衆美亭於淸靈齋南麓，亭之南澗，貯水成池。岸上作茅亭，鳧雁蘆葦，宛如江湖。又龍淵寺南，石壁臨水，削立數仞，曰虎巖。有延福亭，奇花異木，列植四隅。每泛舟于南池石壁，妓樂滿載，百戲備呈。別令小僮棹歌漁唱，互答於遠浦，沿流上下，侵夜忘返。】

其四百七十四

歸法寺中有底忙？獨馳獺嶺快心腸。
襲明若在那如此？可喜今無背上芒。

【毅宗遊幸無常。一日，自歸法寺幸玄花寺，馳馬至獺嶺，從臣皆莫及。獨倚院柱曰：“鄭襲明若在，吾豈得至此？”】

其四百七十五

遊幸無常遍院亭，佞臣賀語每盈廷。
怪底此時多異瑞，金龜玄鶴老人星。

76　竿：底本에는“竿”.《高麗史》에 근거하여 수정.

【狼星見于南極，按察使朴純嘏以爲老人星，馳奏之。王親醮于內殿，百官稱賀。又幸延福亭，群臣皆占所見之物爲嘉瑞。蓬艾三莖生，以爲瑞草，內侍黃文莊指水鳥爲玄鶴，作詩讚之，王稱歎和詩。水州民耕田，得金一錠，狀如龜。知州吳錄之取獻，左右呼萬歲曰："天降金龜，聖德之應。"群臣皆賀。】

其四百七十六

頰批手搏燭燃鬚，積慊武臣膽力麤。
普賢院裏方觸詠，突起行間鄭仲夫。

【初，金敦中以富軾之子，擢科第一。年少氣銳，因除夕儺禮，以燭燃鄭仲夫鬚。仲夫慊之。毅宗幸普賢院，與文士觸詠，將士皆飢困。仲夫等曰："文臣得意醉飽，武臣皆飢困，是可忍乎？"遂構凶謀。王命武臣爲手搏戲，大將李紹膺力羸不勝走。韓賴遽前，批其頰，王與群臣撫掌大笑。仲夫與李義方、李高等作亂，凡戴文冠者，盡殺之，積屍如山。投之澤中，名其澤曰"朝廷沈"。又遣兵，殺留都文臣。敦中逃匿紺岳山，仲夫購捕殺之。】

其四百七十七

文臣醉飽武臣飢，肘挾凶謀鄭李爲。
奮臂一呼鋒刃起，文臣殺死武臣馳。

其四百七十八

盡把文冠逞悍心，搢紳慘禍日光陰。
數頃澤深冤血碧，嗚呼此是朝廷沈。

其四百七十九

王及儲宮放逐幷，太孫遇害翼陽迎。
從古逆臣多廢立，未聞如此極凶獰。
【仲夫等放王于巨濟，太子于珍島。殺太孫，迎王弟翼陽公晧，立之。】

其四百八十

欲誅鄭李甫當奇，　其奈小人得意時。
兵敗身殲徒益禍，再行大殺更無遺。
【諫議大夫金甫當起兵，討仲夫、義方等廢逆之罪，不克，死之。仲夫、義方復大殺文官餘存者。】

其四百八十一

仲夫爲亂無休時，旣放不屓又弒之。

欲復前王還促禍，甫當起義足堪悲。

【仲夫使將軍李義旼弑前王于慶州。】

其四百八十二

學優後仕崔惟清，霜落千林一葉靑。

若非德望孚人久，庚癸何能免被兵？

【崔惟清中第，乃曰：“學優然後仕。”久之，被薦，至平章事。庚、癸之
亂，文臣皆被害。諸將素服惟清德望，戒軍士勿入其第，故獨免於禍。】

其四百八十三

義方惡與仲夫均，密斬義方卽鄭筠。

自古凶人相殺戮，不知禍亦及渠身。

【義方凶恣日甚，仲夫慮禍及己。仲夫子筠，密令人斬之。】

其四百八十四

可喜將軍慶大升，仲夫雖悍討誅能。

恒憤武人行不法，故將正氣示爲懲。

【將軍慶大升膂力絕人，早有大志。十五蔭補，遷至將軍。常憤武人不法，

慨然有復古之志，舉兵，誅仲夫及其壻宋有仁，梟首于市。武臣畏憚，不敢縱肆。】

其四百八十五

史不直書不若無，況如世輔敢同俱？
醫作玉堂眞善喻，此時政事又何誅？

【明宗以上將軍崔世輔，同修國史。時，有人訴重房曰："史官文克謙直書毅宗被弒事，宜令武臣兼之，使不得直書。"王重違武臣意，以世輔兼之。時，有一醫自稱"玉堂人"。人問其故，醫以詩答曰："戰將今爲修國史，不妨醫作玉堂人。"重房，武臣都會之廳。】

其四百八十六

儒臣上將不相宜，修史武官又是奇。
萬事此時無法紀，克謙世輔獨奚疑？

【文克謙於史堂，戲世輔曰："儒官之爲上將軍，忝自我始；武官之同修國史，亦自公始。"克謙以嘗上書諫王，得免於禍。武臣倚以爲重，拜龍虎大將軍。】

其四百八十七

義旼弒逆罪當誅，忠獻私嫌以力屠。
大殺朝臣仍廢立，較看鄭李果何殊？

【李義旼凶逆驕恣，其子至榮、至光等，倚父肆橫，民不支堪。崔忠獻以私嫌，與弟忠粹等，執義旼父子，殺之。因與大將軍李景儒，分捕義旼支黨。人有告景儒與吉仁有異謀，忠獻斬景儒於座。吉仁率兵，擊忠獻，敗入王宮。忠獻縱兵入宮，隨遇輒殺，因大殺朝臣七十餘人。與忠粹及其甥朴晉材等，廢王，幽于昌樂宮，放太子於江華。立王弟平涼公旼。】

其四百八十八

熒惑入微廟震雷，天威非比殿宮災。
廢王放嗣迎王弟，心法相傳鄭與崔。

【忠獻廢立之時，熒惑入太微，震太廟。又設醮告天，大雷電雨雹，暴風拔木毀屋。前此仲夫之時，宮闕災，仲夫恐有變，閉城門，不納救火人，殿宇悉燒。】

其四百八十九

忠獻行兇共弟兄，竟殘骨肉似屠坑。
義方縱被仲夫殺，猶是他人互奪傾。

【忠獻與弟忠粹廢立，又殺忠粹。】

其四百九十

兵吏尙書忠獻兼，劍戈自衛積猜嫌。
注擬武文王但頷，此時朝野似銜箝。

【忠獻兼吏、兵部尙書，出入禁中，以兵自衛。在私第注擬文武官以進，
神宗頷之而已。】

其四百九十一

崔讜未衰謝鷺班，雙明耆會地仙閑。
見幾最是韓惟漢，携隱妻孥智異山。

【平章事致仕崔讜年未衰，乞退。扁其齋曰雙明，與弟詵及張自牧、李俊
昌、白光臣、高瑩中、李世長、玄德秀、趙通等，爲耆老會，人謂"地上
仙"。韓惟漢見忠獻擅政肆兇，曰："難將至矣。"携妻子，隱於智異山。】

其四百九十二

忠獻氷山世莫知，滿朝汲汲進諛辭。
可惜文章李奎報，以詩爲贊好官爲。

【熙宗賜忠獻功臣號、開國侯。忠獻作茅亭於南山里第傍，蒔雙松。崔頤賦詩，一時文士皆和。李奎報以詩贄忠獻，忠獻喜，直除右正言知制誥。】

其四百九十三

欲倚澄明討擅權，淺謀綿力禍徒煽。
賊臣廢立何容易？紫燕島中儘可憐。

【王與內侍王澄明等，謀誅忠獻，語泄。忠獻殺宰相及中官豫謀者，遂廢王，遷于紫燕島，立漢南公貞。貞，卽明宗太子，忠獻放于江華者也，是爲康宗。】

其四百九十四

熙宗命脈在權奸，遷彼喬桐又東還。
若欲免他廢弒禍，早宜鑿去子男山。

【康宗薨，高宗立。忠獻遷前王于喬桐，五年奉還。又九年，崔瑀復遷于喬桐。子男山在松都城中，術者謂"以此山之故，權臣世出"云。】

其四百九十五

趙冲就礪破丹兵，忠獻忌功賞不行。

從古權臣中用事，將難爲國敵難幷。

【元帥趙沖、兵馬使金就礪，與蒙古哈眞合兵，大破丹兵凱還。忠獻忌功，停迎迓禮，有功者無賞，將士皆怨。】

其四百九十六

今古暴凶鮮令終，阿瞞死牖獻相同。

昏弱失刑無足怪，上天何故太夢夢？

【高宗時，忠獻死。】

其四百九十七

崔家四世自專權，世濟其凶轉甚焉。

私第政房猶不足，喬桐復脅舊君遷。

【忠獻子瑀，瑀子沆，沆子竩，四世執國命。瑀置政房於私房，王拱手而已。有人告瑀曰：“將軍盧之正，將奉立前王，謀害崔氏。”瑀遂遷前王于喬桐，殺之正。前王，熙宗也。】

其四百九十八

奉表如蒙蒙曰嘉，脅遷何事入江華？

莫言爲避蒙兵患，已置蒙官達魯花。

【蒙古來侵，瑀遣使奉表結和。又脅王遷都江華，以避蒙古患。時，蒙古置達魯花赤七十二人於京、府、州、縣，聽斷政事。】

其四百九十九

崔沆享王禮貌捐，在家遙謝侍中遷。
莫言殘暴甚於瑀，生長驕奢勢自然。

【高宗三十六年，瑀死。內外都房，皆歸其子沆家。後，沆享王，臣下之享王，自沆始。後世以爲常，以至上下褻狎，等威無章。王以沆爲門下侍中判吏部御史臺事，在家遙謝。史稱：“瑀死，其賤妾子沆，代爲相，猜暴兇殘甚於瑀。】

其五百

李峴貪婪被誅初，衆民蹴口憤爭攄。
頗怪當時表獨號，如今盡是銀尙書。

【李峴性貪婪，虐民受賂，人號銀尙書。及使蒙古，導也窟兵，誘降諸城，所掠婦女財寶，盡爲己有。及誅，民皆蹴其口曰：“喫盡幾人銀帛耶？”】

其五百一

崔埴位高地則卑，家奴亦得濫官資。
莫諱書中妓隸字，諱時便惹世人嗤。

【沆死，以其子埴爲樞密副使，以家奴李公柱爲郎將。自此，奴隸亦拜官。
沆本娼妓所生，埴亦婢妾子也。時人讀簿書，至娼妓賤隸字，皆諱之。】

其五百二

仁俊悍奴璬亂民，心非爲國只謀身。
時人莫快誅崔埴，誅賊人皆作賊人。

【金仁俊，忠獻之奴也，瑀、沆皆寵信之。柳璬亦爲沆所厚，埴秉政，皆
疏之。二人不平，相與密謀。仁俊曰：“如此大事，不可無主者，可推大臣
有威望者以領衆。”卽召樞密使崔昷。圍埴家，收埴及其黨，盡誅之，籍
其家。復政于王。埴自忠獻四世執國命。埴年少暗弱，所與腹心者，皆黷
貨無厭，大失人心。及誅，人皆快之。】

其五百三

燃燈大會酒淋灕，拍手群臣踊躍隨。
權貴內訌蒙外逼，問王何事樂如斯？

【燃燈會，宴群臣，王再舉手，示群臣曰：“凡赴宴者，拍手以助余樂。”酒

闌，王樂甚，群臣拍手踊躍，汗流被體。至暮乃罷。】

其五百四

詣降蒙使渡江迎，世子入朝又表誠。
如何壓境兵無撤，反撤江都一片城？

【高宗四十年，蒙兵大至。元帥也窟連陷諸州，責云："國王出江外，迎吾使，則兵可退也。"王渡江出迎。遣世子倎，奉表如蒙古。蒙古太子曰："汝國王出陸，乃罷兵。"仍令毀江都城，督役甚急。城廊[77]摧折，聲如疾雷，街童巷婦皆爲之悲泣。】

其五百五

下位崔滋倏驟升，清嚴鎭俗史徒稱。
所嗟奎報薦之瑀，代己秉文迹未澄。

【崔滋在微班，十年不調。李奎報薦於崔瑀，代己秉文。金仁俊等舉義反正時，滋爲冢宰，以淸嚴鎭俗。】

77　廊：《高麗史》에는 "郭"，《高麗史節要》에는 "廊".

其五百六

元宗承詔始如蒙，一路年年上國通。
莫言從此兵塵息，其奈小華漸化戎。

【蒙世祖忽必烈遣使徵王入朝。王如蒙古，命金俊監國。八月入朝，十二月乃還。俊，卽仁俊改名。】

其五百七

仁俊誅夷是自求，恃功恣虐不知憂。
當時縱喜除崔竩，今日還資林衍謀。

【金俊恃功縱恣，王惡之。林衍潛結王幸臣，使言於王曰：“諸功臣皆與仁俊善，惟林衍不附。”王使宦寺潛與衍謀，誅俊，夷其族，盡戮其黨與。衍遂專權。】

其五百八

權臣廢立有由來，況又其君所必猜？
林衍若非蒙主詰，奉王豈自別宮廻？

【林衍挾勢縱恣，王深忌之。衍恐禍及己，廢王，幽于別宮，立安慶公淐。太子諶自蒙返，道聞變，還入。蒙主遣使問廢立之由，必欲進兵窮詰。衍懼，乃廢淐，復立王。】

其五百九

背疽林衍積憂虞，惟茂如何又覬覦？
試看天道昭昭處，父則失刑子伏誅。

【蒙主命林衍來告廢立事，衍憂恐成疾死。或曰：「王入朝蒙古，衍恐王泄廢立事，憂懣，疽發背死。」衍子惟茂繼執國命，遂謀不軌。王密諭洪文系，誅之。】

其五百十

權貴家兵三別抄，舊京返後任咆哮。
若使當時能善處，仲孫安得亂畿郊？

【初，崔瑀專國，以國中多盜，聚勇士，每夜巡行禁暴，名"夜別抄"。及盜起，諸道分遣別抄兵，捕之，其數甚多，因分爲左、右軍。又以國人自蒙逃還者爲一部，號"神義軍"，是爲"三別抄"。權臣以爲爪牙，多施私惠。金俊之誅崔竩，林衍之誅金俊，宋松禮之誅惟茂，皆藉其力。及王復都開京，命罷其軍，軍莫知所適。將軍裴仲孫、盧永禧等，與其軍乘時作亂，叛于江華，逼立承化侯溫爲王，署置官府。】

其五百十一

賊立僞王浮海南，兵雄兩國捷成三。

若非委任金方慶，猖獗鴟張亂用唊。

【仲孫等度江華不能守，南下據珍島。元宗命金方慶與蒙兵討之。】

其五百十二

巢傾珍島入耽羅，直擣悉平奏凱歌。
縱幸忻都助兵勢，其如供億誅求何？

【金方慶大破仲孫兵，斬偽王溫。賊奔耽羅，蒙將忻都等來助討賊，至于耽羅，克之，賊黨悉平。三年之內，本國皆供辦，中外困苦，民食草木之實。】

其五百十三

辮髮胡衣世子還，國人始見涕潸潸。
誰知冠帶千年俗，忽變於夷一夕間？

【世子諶久留燕京而還，國人見其辮髮胡服，皆歎息，有泣下者。】

其五百十四

達魯雙城摠彼官，征東行省又堪嘆。
軍需責應渾無藝，猶恐一言不得歡。

【蒙古旣置達魯花赤，又置雙城摠管府于和州。至是，又置征東行省，責應軍需，罔有紀極。】

其五百十五

尙元公主始於諶，自後托婚世世尋。
操縱慘舒一聽彼，畏人千里足寒心。

【世子諶尙元長公主。自後，繼嗣之君皆托婚款附，操縱舒慘，一聽於元。】

其五百十六

一歧島險海揚波，方慶於斯大破倭。
莫冤被鞠兼流島，自古功高譖口多。

【金方慶與元將忽敦等，征日本，戰於一歧島，大破之。後，有人投匿名書於達魯花赤，告方慶謀不軌。韋得儒、盧進義等，以宿怨誣譖方慶于忻都，以爲"方慶謀去王及達魯花赤"。忻都奏帝。茶丘與本國有憾，請來鞠，詔與王同問，無實。於是以藏甲爲罪，流于大靑島。國人遮道泣送。帝察其誣，命方慶父子、得儒、進義從王入朝對辨。進義道死，得儒至京病死。帝曰："告者皆死，朕知方慶冤。"敕令還國。】

其五百十七

忠烈善能述毅宗，太妃旣廢又流琮。
三十餘年元掌握，只茲一事獨行胸。
【毅宗遷太后，流弟。忠烈王又廢太妃爲庶人，流順安公琮于海島。太
妃，即元宗繼妃。元宗將立王爲世子，妃有讒言，由是與王有隙。妃生二
子琮、珆，元宗甚愛之。至是，內豎告："太后與琮謀，咀呪王。"王訊琮
不服，遂廢太妃，流琮。忠烈王在位三十四年，皆聽於元。】

其五百十八

白衣纔禁元衣羞，承詔國中盡剃頭。
始看辮髮皆流涕，今日應無涕可流。
【太史局言："東方，色當尙靑，而白者金色，木制於金之象也。請禁之。"
忠烈四年，令國內剃頭，服元衣冠。王之爲世子也，自元辮髮胡服而來，
國人皆涕泣。】

其五百十九

時苗留犢世徒知，崔碩授駒語更奇。
如今此事何由見？只有昇平八馬碑。
【以昇平府使崔碩爲秘書郎。昇平舊俗，邑守遞還，必贈八馬，惟所擇。

及碩還，邑人請擇。碩笑曰：“馬能至京足矣，何擇爲？”至家，以馬歸之。
吏不受，碩曰：“吾有牝馬，在汝州生駒，今帶以來，豈以我貪而貌辭耶？”
竝其駒授之。自是，其弊遂絕。州人立石頌德，號“八馬碑”。】

其五百二十

在儲諫獵又憂民，卽位荒淫自亂倫。
試看忠宣前後異，人心難得始終均。

【忠宣王爲世子，年九歲，尹秀、朴義等，導忠烈王遊畋。世子泣曰：“百
姓困窮，又當東作，父王何爲遠獵？”顧朴義曰：“每以鷹犬從臾吾君者，
此老狗也。”後，入元，權宜以銀四十斤、虎皮二十領，助行李費。世子
曰：“此物皆剝民斂怨。”悉還其主。其還也，曰：“歲歉民飢，車駕所至，
供億不貲，願上毋出迎境上。”又設醬街市，施餓者三日。】

其五百二十一

斷民爲隸怒天閽，典法司僚盡斬魂。
若令一一皆如此，獄訟何憂有枉冤？

【貞和院主有寵於忠烈，認民爲隸。民訴于典法司，有旨督令斷與貞和。
典法判書金惜與同僚知其冤，不能違。惟郎李行儉死執不可。會，疾作
在告，惜等遂斷爲隸。有人夢：利刃自天下，亂斫一司之吏。明日，惜疽
背死，同僚相繼死，唯行儉免。】

其五百二十二

家奴邑宰始何君？公主亦知不可聞。
今王眞是元王子，後史宜書克肖云。

【忠烈以內豎金子廷[78]爲東京副使。公主曰：“家奴爲邑宰，可乎？南班人
得居重任，始自何代？”王曰：“自元廟始。”公主曰：“王，眞元王之子也。”
王有慙色。】

其五百二十三

夜宴壁圖引興長，却羞未及彼明皇。
何不當年移此心，勉追古昔聖賢王？

【忠烈夜宴香閣，見壁上唐玄宗夜宴圖，謂左右曰：“寡人國雖小，何可不
及明皇？”自是，夜以繼日，奇巧淫技[79]，無所不至。】

其五百二十四

子讒其父臣讒君，無復君臣父子分。
子立父遷還父立，夤緣往復日紛紛。

78 廷：底本에는 “延”.《高麗史》에 근거하여 수정.
79 技：《高麗史》에는 “伎”.

【史稱：烈、宣、肅、惠相繼尙主，憑仗甥舅之親，在元日多，在國日少。自置東省，政教號令，皆出於元。群不逞之徒，因緣盤結，往復猜譖。子訴其父，臣訴其君，子立則父廢，父立則子廢，圖新君者吠舊主，背本國者喜生事，無復有君臣父子之分。夷考其行，忠烈、忠肅之驕溢荒怠，莫能相尙；忠宣、忠惠之淫縱穢褻，瀆亂天常，吐蕃之流，揭陽之竄，皆自取也，尙誰咎哉？】

其五百二十五

朱悅直淸印遠貪，有男不肖是無男。
笑殺元宗眞有子，相承世世德俱慙。

【宰相言於忠烈曰："慶尙道按廉使朱印遠，虐民貪饕，請罷之。"不從。有一內僚曰："聞諸道路，朱悅無子，天道無知。"王曰："不有印遠乎？"對曰："悅淸直絶倫，印遠貪邪無比，故曰無子。"王大笑。】

其五百二十六

滿庭春草詠詩餘，畫像瞻錢又購書。
興學養賢爲已任，晦軒從祀儘非虛。

【贊成事安裕[80]，順興人。憂學校日衰，常[81]作詩曰："香燈處處皆祈[82]佛，

80　裕：《高麗史》에는 "珦".

簫管家家盡事神， 獨有數間夫子廟， 滿庭春草寂無人。"建議請置國學，

諭文武官各出錢以瞻學錢。 又出財以送中原， 畫先聖及七十子像， 購祭

器、 樂器、 六經諸書以來。 納奴婢百口， 常以興學養賢爲己任。 晚年，

挂晦菴眞， 以致景慕， 遂號"晦軒"。忠肅王時， 從祀文廟。】

其五百二十七

奸臣讒間欲沮謜， 改嫁瑞興又請元。

泯棼遂致遷王變， 國事此時不可言。

【忠烈王時， 世子謜娶元寶塔實憐公主。 元封王爲逸壽王， 冊世子謜爲

王。 王不愛公主而趙妃專寵， 公主妒恨， 作畏吾兒書， 訴太后。 元執趙

妃以歸， 徵王及公主入朝， 命上王忠烈復位。 時， 奸臣王惟紹、 吳祁、

宋璘等， 交構前王於王， 以離間父子， 釁隙日深。 王請入朝， 欲沮前王謜

還國。 又請以公主改嫁瑞興侯琠， 以琠爲王後。 元不許， 仍召王父子，

執囚惟紹等。 前王忠宣遷王于慶壽寺， 殺琠及惟紹等。 國政盡歸前王，

王領之而已。】

81 常：《燃藜室記述》에는 "嘗".
82 祁：底本에는 "依".《東史綱目》·《燃藜室記述》등 각종 문헌에 근거하여 수정.

其五百二十八

禽獸忠宣不顧譏，奔喪只爲淑昌妃。
有如禹倬眞監察，持斧上書着白衣。

【元遣王還國，封前王忠宣爲瀋陽王。忠烈薨，前王忠宣自元還，卽位。
幸許琮家，納故平陽公 眩妻許氏：幸金文衍家，烝淑昌院妃。妃，文衍
妹，忠烈妃也。監察糾正禹倬，白衣持斧束藁，上書切諫，王有慙色。】

其五百二十九

世子死讒熹受傳，瀋陽王號又何緣？
瀋陽王號猶云可，太尉王稱最可憐。

【忠宣在元，欲傳位於世子鑑，密令人撰表，爲從臣所沮。已而，聽讒殺
之。元欲王歸國，王無以爲辭，請傳位于江陵大君熹，自稱"瀋陽王"。又
以兄子延安君暠爲世子，欲留，不聽，遂與公主及王還。復如元，傳瀋陽
王位於暠，自稱"太尉王"，以其爲元太尉也。】

其五百三十

瀋陽脫屣高麗王，燕邸還開萬卷堂。
閻姚虞趙非無友，只恨不能共淑昌。

【瀋陽王自稱"上王"。構萬卷堂於燕邸，召李齊賢置府中。迎致元學士姚

燧、閻復、趙孟頫、虞集等，與之從遊，以考究書史自娛。】

其五百三十一

彝齋中國學程朱，傳及吾東正士趨。
李朴諸賢師受處，何心閔漬獨差殊？

【忠肅以白頤正爲僉議評理。時，程朱之學始行中國，未及東方。頤正在
元，得而學之。東還，李齊賢、朴忠佐首先師受。時，僉議政丞閔漬撰進
《本朝編年綱目》四十二卷，而心術不正，不知性理之學，其論昭穆，至
以朱子之議爲非，所見之偏類此。】

其五百三十二

馬上姚詩底意吟？三郎暗契打毬心。
延慶宮中遊宴處，張韓諫疏儻盧襟？

【忠肅及公主宴于延慶宮。還路，馬上記姚安道所賦《玄宗打毬圖》詩："金
殿千門白晝開，三郎沈醉打毬回。九齡已老韓休死，明日應無諫疏來。"吟
詠者久之。】

其五百三十三

自宮禿古誣讒元，祝髮上王流吐蕃。

去京一萬五千里，隨從諸臣摠避奔。

【初，本國人朱冕[83]家奴伯顏禿古思，自宮入元，得寵幸。佞險多不法，上
王忠宣深疾之。禿古思譖誣上王，元令上王祝髮，流之吐蕃。隨從諸臣皆
逃避，惟數人從行。忠肅如元，寓禿古思家，放逐上王舊臣，殆無虛日。】

其五百三十四

潘暠居中志覬覦，乘間曹頔又讒誣。

徵王以入收王印，東國此時有國無？

【上王忠宣傳潘陽王位於暠。暠娶梁王女，得元寵遇，上王愛暠愈篤，暠
遂懷窺覦本國之心。本國人曹頔見惡於忠肅，逃入元，陰附於暠，以國
家陰事，譖構王於元。元徵王入朝。暠又譖曰："王手裂勅書。"元主怒，
收王印綬，留之京師。】

其五百三十五

量移近地朶思麻，復返大都亦可嗟。

83 冕：底本에는 "晃"，《高麗史》에 근거하여 수정.

賴有益齋書拜住，孤魂得免吐蕃遷。

【李齊賢上書於元丞相拜住，極陳累世歸附之誠，請賜環上王東還，辭甚
哀切。拜住奏元主，量移忠宣于朶思麻之地。尋復召還上都。又勑王還
國，復賜印章。忠宣薨于元。】

其五百三十六

請傳許冊亦皇恩，忠烈忠宣故事存。
冊父爲王翻冊子，父還復位一聽元。

【忠肅請傳位於世子禎。元冊禎爲王，是爲忠惠。後，有流言於元曰："王
將不順朝命。"元命上王忠肅復位，收王璽綬，徵王入朝。】

其五百三十七

裴佺自可萬幾幷，角力相呼內豎名。
斥惡書生人莫怪，書吾過失盡書生。

【忠惠王禎及德寧公主，自元還，即位。委機務於嬖臣裴佺等，日與內豎
爲角力戲。起居注李湛曰："君舉不可不愼，一動一靜，左、右史書之。"
王曰："書我過失者，皆書生也。"由是惡書生。】

其五百三十八

每月遊畋海又江，擊毬水戲樂無雙。
上王復位來元使，收璽徵朝忽魄懾。

【忠惠畋于江陰，又畋于海州。自是每月遊畋，觀水戲、擊毬。元遣使傳
上王忠肅復位之命，收國璽，封諸庫。王及左右皆失色。】

其五百三十九

稼亭文藝脫塵埃，代疏寓書照後來。
試看起自韓山吏，誰道寒門不出材？

【李穀，韓山吏也。爲文章，典雅高古。忠肅七年，登第。後，擢元制科，
爲華士所推。時，元主數求童女於高麗，國中騷然，民皆逃避。穀言其弊
於御史臺，代作疏請罷之。元主從之。及忠穆襲位還國，穀寓書宰相，論
輔政之非，皆切中時弊。】

其五百四十

忠肅怠荒竟孰箴？傳之忠惠又宣淫。
其父再臨其子亦，摠三十歲可傷心。

【忠肅在位，前後二十五年；忠惠，前後六年。】

其五百四十一

逼烝公主又烝權，淫厥舅妻臭萬年。

元帝執歸罵得快，血雖啖狗有誰憐？

【忠肅娶元慶華公主，東還。又遣忠惠還。王薨，前王忠惠卽位。烝其庶母壽妃權氏，淫其舅洪戎妻黃氏。又逼烝慶華公主。聞人妻妾有姿色，則使嬖倖往奪之，無問親戚，荒亂無度。後，元主執王以歸，責曰："雖以爾血啖天下之狗，猶爲不足。"】

其五百四十二

曹頔圍宮射中肩，王軍擊殺亦徒然。

無乃禍期猶未迫，被囚刑部竟回還？

【慶華公主召政丞曹頔，具道見暴狀。頔欲因此廢王，立瀋王，遂擧兵圍王宮。頔黨射王中肩[84]，王兵擊破，射頔殺之。頔黨訴于元，元執王歸，囚于刑部。脫脫奏，帝釋王復位還國。】

其五百四十三

奇氏入元帝后加，輈輪轅轍摠淫奢。

84　肩：《高麗史》·《高麗史節要》·《東國史略》·《東史綱目》에는 "臂".

小人倚勢偏驕恣，畢竟異謀覆厥家。

【奇氏，幸州人，子敖之女也。選入元，生太子，封爲皇后。后兄弟轄、
轍、輈、輪等，依勢縱恣，罔有紀極。後，轍謀叛伏誅。】

其五百四十四

兆年鯁直每廷爭，寶座整容識履聲。
見憚不悛無可柰，超然一夕謝塵纓。

【政堂文學星山君李兆年，以敢言見憚。每入見，王聞履聲，曰：“兆年來
矣。”整容以俟。時，王淫虐無道，宰執、臺諫無敢諫者，獨兆年指斥不
諱。王不悛，兆年歎曰：“不去，必及於禍。”致仕還鄉，終身不出。】

其五百四十五

初徵職稅品資分，鳥竄魚驚隣族紛。
開邸賣官曾古有，隨班收布始今聞。

【王聽嬖人嬖夫金之言，以爲：“有職居外者，退閑病民，徵職稅，利國用。”
分遣諸道，收布：六品以上，百五十疋；七品以下，百疋；散職，十五疋。
人聞令下，或挈家登山，或乘舟遠遁。至焚山澤而索之，禍及隣族，舉國
騷然。】

其五百四十六

王奪人官授嬖親，嬖臣亦欲與他人。
爲報屋材仍笑許，可哀國事是君臣。

【王欲奪人職，以授宮人之親戚。嬖人盧英瑞曰：「臣亦欲授他人。」王曰：「爲誰？」英瑞曰：「人有遺我屋材者。」王笑而許之。】

其五百四十七

三峴新宮鬱起崇，高麗國內我心從。
輸材獻婢奔朝著，斂鐵收銅括賈農。

【王起新宮於三峴。躬督其役，謂近臣曰：「宮闕將成，欲實以奴婢，卿等各獻有姿色一兩婢如何？」皆曰：「唯命。」又懸榜曰：「宰相以下輸材。不及期者，徵布五百疋，分配海島。」於是晝夜董役，輦材絡繹。殿宇門戶，皆飾鍮銅。又斂諸道銅鐵，鑄鼎、鑊、錡、釜，納之新宮。民間農器，括盡無餘。】

其五百四十八

慶華書作畏吾兒，羞惡中心寫得奇。
縱使令嚴防買馬，那能終不使元知？

【王烝慶華公主。公主恥之，欲還元，使買馬。王禁市，使不得買。公主

作畏吾兒書，通其事，王遮路禁之不得。畏吾兒書，回鶻書也。】

其五百四十九

攔街爭唱古之那，奇讖誰知阿也麻？
窮途能悔從前否？ 一去不還亦可嗟。

【初，宮中及道路歌曰：“阿也麻，古之那。從今去，何時來？”及王薨，岳
陽人解之曰：“岳陽亡，古之難。今日去，何時還？”】

其五百五十

朶赤蹴王縛以馳，百官走匿一身悲。
直竄揭陽二[85]萬里，皆其自取尚尤誰？

【元遣乃住、朶赤等八人，托以頒赦。王率百官郊迎，朶赤等蹴王縛之。
侍從、百官皆走匿。卽掖王，載一馬馳去。帝責曰：“雖以爾血啖天下之
狗，猶爲不足。”以檻車流于揭陽縣，去燕京二萬餘里，無一人從行。傳
車疾驅，艱楚萬狀，未至揭陽，薨於岳陽。】

85 二：底本에는 “三”.《高麗史》에 근거하여 수정.

其五百五十一

苦楚萬端檻車騰，揭陽中路岳陽薨。
國人莫有悲之者，只快元皇一罵曾。

【國人聞王薨，莫有悲之者。】

其五百五十二

忠穆幼沖宵小强，時人目裔謂辛王。
誰知此語成奇讖？豫兆後來禍與昌。

【忠穆王卽位，年八歲。時，辛裔、田淑蒙相繼用事。時人目裔曰"辛王"。】

其五百五十三

忠定爲王元命承，如何旋又冊江陵？
江華遜後王無罪，聞者皆傷遇酖薨。

【忠肅第二子江陵大君祺，被徵入元，娶魯國公主有力。元冊爲王，改名
顥。遣使封倉庫、收國璽以歸。王遜于江華，遇酖薨。蓋恭愍鴆之也。
都人莫不流涕。】

其五百五十四

鐵石肝腸李衍宗，抗言辮髮是胡容。
君旣有心能悅改，如何不諫印虛從？

【恭愍王辮髮，監察大夫李衍宗諫曰："辮髮、胡服，非先王之制，願勿效。"
王悅，卽解辮。衍宗彰善癉惡，威武不能屈，時號"鐵石肝腸"。時，王邀僧
普印、普虛入內殿。】

其五百五十五

穿窬夜行惡月明，此言何足禁橫行？
郭公惡惡亡無補，恭愍宜乎日就傾。

【印承旦請罷辨整都監，王不應，但曰"穿窬夜行，惡月之明"。時，權豪奪
公田，承旦所占尤多故也。時，設都監，伸民冤枉。】

其五百五十六

趙賊圍宮擅殺殘，脅開御寶自除官。
亂逆固宜被誅滅，使之至此足堪嘆。

【恭愍賞燕邸隨從之功，賜趙日新等功臣號。日新弄權專恣，遂謀作亂。
圍王宮，殺判密直崔德林等，脅王開御寶，自除右丞相，官其黨。王與李
仁復等密謀，誅之，流其黨金鏞于海島。仁復，兆年之孫也。】

其五百五十七

稼亭牧隱竝文章，相繼入元擅策場。
特授翰林知制誥，能加稱賞有歐陽。

【李穀，號稼亭；其子穡，號牧隱。稼亭入元，應擧對策，大爲考官稱賞，
置第二甲，授翰林國史院檢閱官。牧隱亦入元，對策，考官歐陽玄大加
稱賞，擢第二甲，授翰林知制誥。】

其五百五十八

點班編伍禦倭艘，盡脫朝衣換戰袍。
莫訴學官侍孔子，爾雖不侍亦焉逃？

【恭愍時，倭寇全羅道、楊廣道。以柳濯爲京畿都統使，我桓祖爲西[86]江
兵馬使，發丁坊里爲軍。又令百官助戰，國子博士等上言：“臣等侍於夫
子廟庭，學官從軍，古無其例。”李嵒曰：“爾雖不侍孔子，孔子焉逃？”】

其五百五十九

普印普虛內殿僧，紛紛問法講《傳燈》。
紅頭賊逼兼倭寇，以此可能禦見陵？

---

86 西：底本에는 “東西”，《高麗史》에 근거하여 수정.

【恭愍召僧普虛入內，問法，邀僧普印于內殿，日講《傳燈錄》。】

其五百六十

高麗喪禮弊同流，禮義之邦儘可羞。
慨然請正三年制，李穡獨能諫職修。
【恭愍時，諫官李穡請行三年之喪，從之。】

其五百六十一

紅頭居敬綠江過，安李將軍破賊多。
不殺金鏞流海島，還來用事奈之何？
【紅頭賊毛居敬渡鴨綠江，遣安祐、李芳實等，擊破走之。初，金鏞以日
新黨流海島，至是復用事。】

其五百六十二

避賊南奔何等時？臨津江岸顧瞻遲。
諸卿莫道虜鋒急，風景如斯聯句宜。
【紅頭賊由海道侵掠，踰岊嶺。王出奔，渡臨津，駐駕江岸。顧瞻山河，謂
元松壽、李穡等曰：“風景如此，卿等政宜聯句。”】

其五百六十三

映湖樓下泛舟遊，謾付世雲掃蕩憂。
何用勸王哀痛詔？還須慮爾功成秋。

【王奉太后，南奔福州。幸映湖樓，乘舟遊賞。以鄭世雲爲摠兵官，督諸
軍討紅頭賊。世雲性忠清慷慨，日夜憂憤，以掃蕩爲己任，勸下亟下哀
痛詔。】

其五百六十四

鄭安金李奮忠誠，聖祖神威復合兵。
直斬沙關餘賊遁，偉功倏報復京城。

【摠兵官鄭世雲、都元帥安祐、元帥李芳實·金得培等，與我太祖軍合擊
紅賊，斬賊魁沙劉、關先生等，斬首二[87]十餘萬，獲元玉璽二顆、金寶
一顆等物。餘賊遁還。】

其五百六十五

金鏞昔黨日新謀，今爲紅頭似報讎。
諭祐殺雲仍殺祐，得培芳實一幷劉。

---

87 二：《高麗史》·《高麗史節要》에는 "一".

【諸將凱還，金鏞忌成功，矯旨爲書，使其姪金琳密諭祐等，誅世雲。祐
等置酒，邀世雲，令壯士於座上擊殺之。鏞恐事泄，先斬琳。又以祐等擅
殺世雲，白王，殺祐於行宮門外。遣人殺芳實於龍宮，殺得培於基州。】

其五百六十六

自古功成身被屠，韓彭葅醢岳飛誅。
至今人說三元帥，用事賊臣何代無？
【三元帥，安祐、李芳實、金得培也。】

其五百六十七

鏞賊圍宮浪自誇，禍隨惡積理無差。
天假此時崔瑩手，轘傳其首籍其家。
【金鏞聚黨叛，圍王宮，徑入寢殿。王從牖走。宦者安都赤代王臥寢，賊
殺之。又殺右政丞洪彦博，分遣盡殺諸宰。密直使崔瑩，帥兵擊殺賊黨。
流鏞於鷄林府，使林堅味鞫之，遂轘之，傳首京師，籍其家。】

其五百六十八

轍等旣誅后怨王，崔濡逃入又跳梁。

遂行廢立因元勢，兵發遼陽勢莫當。

【元后奇氏，怨王誅轍等，必欲報仇。有崔濡者怨國，逃入元，因說后，構王罪。元廢王，立塔思帖木兒爲王。濡自爲左政丞，發遼陽省兵，渡江而來。塔思帖木兒，忠宣王庶子，嘗爲僧，逃入于元。】

其五百六十九

崔濡帖木敗逃俱，檻送胡爲獨執濡？
賴有紐憐論構釁，用懲賣國快施誅。

【崔瑩擊敗元兵，崔濡與塔思帖木兒逃還元。御史紐憐等，極陳濡賣國構釁之罪，元遂復王爵，檻送濡。王誅之，請送塔思帖木兒。元不從。】

其五百七十

非僧非俗有詵文，像肖夢中又更欣。
始知遍照生非偶，天數所關不獨君。

【妖僧遍照，靈山縣玉川寺婢之子也[88]。目不知書，自謂得道。王嘗夢人拔劍刺己，有僧救得免。及見遍照，厥貌惟肖。王大異之，以爲師傅。照遂長髮爲頭陀，名"辛旽"。士大夫妻妾以旽爲神僧，聽法求福，旽輒私焉。

---

88 妖僧遍照靈山縣玉川寺婢之子也：《高麗史》에는 "辛旽靈山人母桂城縣玉川寺婢也"，《高麗史節要》에는 "照靈山縣玉泉寺奴也"。

李齊賢言：“旽，骨法類古凶人，請勿近。”王不聽。吳仁澤曰：“《道詵秘記》有‘非僧非俗，亂政亡國’之語，必此人也，宜早除之。”旽告王，杖流仁澤等。】

其五百七十一

尊爲師傅爵爲侯，孰敢諫爭死或流？
借問有何才與績，言無不聽事皆誎？
【封旽爲眞平侯，賜功臣號、鷲城府院君、領都僉議使。授以國政，言無不從。小有所忤，或殺或流，貶崔瑩，流李龜壽等十餘人，罷李達衷，殺柳淑、吳仁澤等，皆旽譖也。】

其五百七十二

胡牀坐踞設文殊，抗疏極言有鄭樞。
目叱賊髡驚下走，威風最是李存吾。
【王於殿內，設文殊會。旽與王竝坐，諫官鄭樞、李存吾等上疏，論其不臣之罪。王大怒，召樞等，面責。時，旽與王竝踞胡牀，存吾目旽叱曰：“老僧何得無禮如此？”旽惶駭，不覺下牀。王愈怒，下存吾等巡軍獄，命宰相李穡等鞫之，曰：“予畏存吾怒目也。”穡等曰：“二人固可罪，我祖宗未嘗殺一諫臣。”王乃貶樞爲東萊縣令，存吾爲長沙監務。長沙，今茂長。】

其五百七十三

別堂恒獨坐蓮臺，極樂界中花亂開。
自有求官免罪術，幾家妻妾晝宵來？

【王爲辛旽，作別堂於北園。重門深幽，焚香獨坐。奇顯與其妻朝夕侍旽，若老奴婢。凡朝士陷罪及求官者，必遣妻妾，賂顯妻求謁。顯妻以別堂甚狹，不可率從者入，獨引其人，入謁旽，醜聲播聞。】

其五百七十四

酒肉奸淫侈燕私，淡蔬破衲謁王時。
莫道妖僧能善拚，世人矯飾揔如斯。

【旽居家，飲酒啖肉，恣意聲色，謁王則清談乾榮，雖盛夏隆冬，常衣一破衲，王信之。密直提學李達衷，於廣坐謂旽曰："人謂公酒色過度。"旽不悅，罷之。】

其五百七十五

夜行衣弊與旽親，自謂未嘗干謁人。
東郭墦間嗟盡是，休言林樸獨非眞。

【成石璘爲知印，不附旽。旽譖于王，以林樸代之。樸好詭異，自言："但知奉公，未嘗干謁。"然每夜弊衣徒行，出入旽家，日見親密。】

其五百七十六

柳淑吟詩作禍媒，賊旽巧譖引魚顋。
不被人猜詩可作，詩非可畏畏人猜。

【瑞寧君柳淑嘗從王入元，四年終始不變節。紅賊之亂，勸王南行，以圖
興復。至是，見王昏亂日甚，退歸。將相大臣、門生故吏來餞。淑作詩
云：“不是忠衰誠意薄，大名之下久居難。”旽恐淑復用，譖于王曰：“昔，
范蠡與句踐滅吳，卽退曰：‘鳥喙魚顋，食人之相。大名之下，難以久居。’
今淑以范蠡自比，以句踐比王。”王殺之。】

其五百七十七

底事愛兄忽忌兄？分金不若投金清。
世間有此眞兄弟，可惜無緣識姓名。

【有民兄弟偕行，弟得黃金二錠，以其一與兄。至陽川江，同舟而濟，弟
忽投金於水。兄怪問之，曰：“吾平日甚愛兄，自分金，忽萌忌兄之心。此
乃不祥之物，不若投江而忘之。”兄曰：“汝言是。”亦投金於水。時，同舟
者皆愚民，無問其姓名。】

其五百七十八

尙傳牧老大司成，圃隱諸賢摠在黌。

此世學官皆稱職，得非天意啓休明？

【李穡爲成均大司成，鄭夢周、金九容、朴尙衷、朴宜中、李崇仁等，皆兼學官，教授諸生，性理之學始興。穡曰："夢周論理，橫說豎說，無非當理。"推爲東方理學之祖。】

其五百七十九

馬巖影殿諫官論，怒震雷霆孰白冤？
恭愍亦能畏後世，不聽母教聽臣言。

【魯國公主難產薨。王慟甚，手寫眞，日夜對，食悲泣，三年不御肉膳。大興公主影殿於馬巖，州郡伐材水運，壓溺死者無算，中外困弊，無敢言者。柳濯、鄭思道等，上書極諫，王大怒，下濯、思道獄。大妃諭曰："衹以彰君之過而顯宰相之賢也。"王不聽，欲殺濯、思道，命李穡製教。穡曰："臣寧得罪，安敢爲文，以殺無罪？"王怒甚，命穡封國印，曰："持此去，求有德者。"旽啓下穡獄，穡泣曰："非畏死也，但恐主上失令名於後世。"王命皆釋之。】

其五百八十

凶如文鉉底心情？ 媚訴辛旽殺父兄。
臺諫請治王不聽，倫常先絶國將傾。

【金文鉉訴其父知密直達祥及其兄君鼎于旽， 旽殺之。 臺諫請治文鉉殺

父兄之罪，王不聽。】

其五百八十一

大明廓掃胡元腥，洪武號行至正停。

一自崇仁迎詔後，千秋無替作藩屏。

【明太祖遣使告定天下，始停至正年號，行洪武年號。初，太祖遣符寶郎
偰斯，賜璽書，王率百官出，迎于崇仁門外。】

其五百八十二

虐淫縱恣已多年，不軌凶謀勢必然。

支解徇梟雖暫快，王心其奈未能悛？

【旽既得志，持貼枕入內，以亂宮闈。恣行威福，恩讎必復，世家大族，誅
殺殆盡。人視若豺虎，莫敢言。旽自知鴟張太甚，恐王忌之，謀不軌。旽
門客李韌，爲匿名書，夜投宰相金續命第。續命奏其書，王命巡衛府，收
捕旽黨奇顯等，鞫之，皆服。收旽，訊之曰：“爾嘗謂近婦女，所以導引養
氣，非敢私之。何以至生兒息？”因舉罪狀，逐條窮詰，旽無以對。流水
原，臺諫爭論，乃使林樸誅之，支解以徇，梟首京城，悉誅其黨。】

其五百八十三

牟尼奴在吾無憂，召納東朝善養收。
受肫之托托仁任，立嗣未明不識羞。

【牟尼奴，肫婢妾般若之出也。及肫誅，王謂近臣曰："予嘗至肫家，幸侍婢生子，卽牟尼奴也。"召而納太后殿，養之。屬侍中李仁任曰："元子在，吾無憂矣。"王嘗患無嗣，一日微行，至肫家。肫指其兒曰："願殿下爲養子以立後。"王笑而不答，然心許之。至是，召納云。】

其五百八十四

子弟衛名新且奇，選充年少與丰儀。
興慶倫安常侍內，君王日夜望熊羆。

【王置子弟衛，選年少貌美者屬焉，以代言金興慶摠之。洪倫、韓安等，以淫穢得幸，常侍臥內。王使倫、安輩强辱諸妃，冀其生子，以爲己子。】

其五百八十五

益妃懷妊王聞欣，嬴呂馬牛不欲分。
擬殺洪崔要滅口，果然此輩弒其君。

【宦者崔萬生從王如廁，密告益妃與洪倫合有娠。王喜曰："予常慮無嗣，妃有娠，吾何憂乎？明日，予佯使酒殺倫以滅口，汝旣知此，亦當不免。"

萬生懼，是夜與倫弑之。大妃捕鞫萬生、倫及其黨五六人，並梟首。】

其五百八十六

洪崔誅後禑爲王，般若啼號太后傍。
欲向臨津投處問，山光水色但蒼蒼。

【恭愍改车尼奴名曰"禑"，封爲江寧大君。及見弑，禑時年十歲。李仁任
以姪妻禑，故立之。恭愍嘗以禑爲故宮人韓氏出，使母韓氏。至是般若
入太后宮，啼號曰："我實生主上，何母韓氏也？"太后黜之，李仁任下般
若于獄，已而投于臨津。】

其五百八十七

大明正朔奉行時，殺使投元事可疑。
金義縱云無可柰，不誅仁任罪師琦。

【帝遣林密、蔡斌，令進耽羅馬二千匹，只得三百匹附進。使金義護送，
至開州站，殺斌執密，以馬投北元。初，李仁任以恭愍見弑，恐大明興問
罪之師，欲絕大明，遣安師琦陽言餞斌等，密諭義殺斌投元。及義從者
還，仁任、師琦待之甚厚。朴尙衷上疏曰："金義之罪，在所當問，而宰
相不問，待其從者反厚，是師琦嗾義殺使。其迹已見，若不治其罪，社稷
危矣。"禑下師琦獄，師琦自刎，梟于市。】

其五百八十八

通元受冊視嘉猷，一有直言便杖流。
如何皇詔惟增貢，不問弒君殺使由？

【北元遣使冊禑，李仁任、池奫等將迎之。李崇仁、鄭道傳、權近上書諫。道傳又曰："我當斬使首，不爾則縛送于明。"仁任怒，流道傳。鄭夢周、朴尙衷又極論，李詹、全伯英亦上疏，請誅仁任、奫。仁任等大怒，下詹等獄。辭連田祿生、朴尙衷，獄官崔瑩杖訊甚酷，流[89]遠地。祿生、尙衷皆道死。後，帝勑曰："自明年，金一百斤、銀二千兩、布五千疋、馬一百匹爲常貢之例，則赦爾殺使之罪。"】

其五百八十九

仁任池奫主事元，貶流異已立私門。
試看當時煙戶政。市商工匠摠官尊。

【仁任、奫以下各植其黨，臺諫、守令皆出其門，市井工匠夤緣除拜。時人謂之"煙戶政"。】

---

89 杖訊甚酷流：저본에는 "▨▨□▨▨". 《樊隱逸稿》에 근거하여 보충.

其五百九十

金縝禦倭但醉呼，朝廷擇將有良謨？
屯營戰士還何用？擊賊應須燒酒徒。

【倭焚合浦營，屠燒梁、蔚、東萊、機張等縣。先是，元帥金縝大集一道
娼妓有姿色者，與麾下晝夜酣飲，軍中號曰"燒酒徒"。及寇至，軍士却立
不戰，曰："元帥使燒酒徒擊賊，我輩何爲？"以故大敗。廢縝爲民，流加
德島。】

其五百九十一

懶翁設會檜巖中，士女奔波施舍豐。
竄死留傳神勒寺，此時猶自有臺風。

【僧懶翁設文殊會於楊州檜巖寺，中外士女奔走施與。臺諫奏，流之。懶
翁行至驪興神勒寺，死。】

其五百九十二

圃翁專對盡爲臣，人避其危獨挺身。
北使天朝南日本，所如無事不能伸。

【時，倭患孔棘，前遣使輒被拘囚。乃遣前大司成鄭夢周聘日本，且請禁
賊。是行，人皆危之，夢周略無難色。及至，極陳古今交隣利害，主將敬

服厚待。及歸，還俘尹明、安遇世等數百人，且禁對馬、一歧二島侵掠。後，又以政堂文學，如京師，賀聖節。時，帝將加兵高麗，增定歲貢。以不如約，杖流使臣，使臣皆厭避。時當聖節，最後陳平仲又以病辭，林堅味舉夢周代之。卽日發行，倍道，及節日進表，特賜慰撫，優禮以送，放還前使被拘者。復又遣，乞蠲減歲貢，帝特除五年未納貢及增定歲貢常數。】

其五百九十三

荒淫遊樂日爲常，七點鳳加歌舞場。
中主此時難自保，況如禑者固宜亡。

【禑出遊里巷，荒于畋，淫于色，日以爲常。封鳳加伊及妓七點仙爲翁主。或過市，梃擊市人以爲樂，或與宮女同浴，或畋郊夜還。笙歌鼓舞，爲巫覡戲，或如李仁任第，率群妓，縱淫樂。初，仁任納其婢壻之女於禑，有寵，是鳳加伊也。仁任恃恩貪恣，待禑如畜壻。】

其五百九十四

紅粉榜中貴勢童，草萊落拓老英雄。
人心陷處忘廉恥，尹就亦應自謂公。

【代言尹就掌成均試，皆取勢家乳臭之童。時人謂之"紅粉[90]榜"，以兒童

90　紅粉：《高麗史》·《高麗史節要》·《東史綱目》에는 "粉紅".

好着粉紅衣故也。】

其五百九十五

鐵嶺遼東立衛辰，可嘆崔瑩錯經綸。
自謂奇謀還自誤，殺身亡國果誰因？
【帝以鐵嶺迤北，本屬于元，立令歸之遼東，遣使告立鐵嶺衛於東北面，
自遼東至鐵嶺，置七十站。瑩勸禑決策，攻遼東。太祖條陳四不可。禑不
聽，以瑩爲八道都統使，曹敏修爲左軍都統使，太祖爲右軍都統使，督發
諸軍。禑、瑩留平壤。時，太祖功名日盛，且有"李氏當王"之讖，故瑩深
忌之，欲使得罪上國，因而除之，遂生此計云。】

其五百九十六

威化回軍膺異祥，天人應順孰能當？
放禑旋又誅崔瑩，採取公言更立昌。
【左、右軍渡鴨綠江，屯威化島。太祖上書，請班師，不聽。乃諭將士以
逆順禍福，遂回軍。時，霖潦水不漲，師既還渡，大水驟至，全島墊沒，
人皆神之。禑聞之，與瑩馳還京城。太祖整軍而進，爲書數瑩罪，請去
之，不從。郭忠輔等直入殿庭，索瑩。【缺】尋移驪興。太祖欲立王氏後。
曹敏修欲立禑子昌，恐諸將不從，以李穡爲時名儒，密問之，穡曰"當立
前王之子"。敏修等以定妃教，立昌，年九歲。尋【缺】。】

其五百九十七

仁任諡難縮典儀，吾而不諡誰爲之？
慨然獨議云荒繆，此事如今更有誰？

【李仁任死，曹敏修白昌請諡。典儀難之，謝病不出。副令孔俯慨然曰：
"吾而不諡廣平，誰敢爲之？"獨至典儀，議諡曰"荒繆"。物論快之，而李
崇仁、姜淮伯、河崙等，怒責俯。】

其五百九十八

誅滅禑昌更立瑤，彝初何事訴天朝？
至今人說文忠死，冤血尙凝善竹橋。

【太祖與沈德符、鄭道傳等，議禑、昌本非王氏，不可奉宗祀，遷禑江
陵，放昌江華。立定昌君瑤，是爲恭讓王。仍誅禑、昌。坡平君尹彝、
中郎將李初叛入中國，誣訴："李侍中將犯上國，李穡等以爲不可，卽將
穡等十九人，或害或流。在貶宰相，潛遣來告，仍請來討云。"故鞫彝、
初之黨，或死獄中，或籍其家。彝、初又誣國系爲李仁任之後，故奏請
卞誣。至宣廟朝，兪泓始齎改正《會典》來。恭讓四年，趙英珪要鄭夢周
於路，擊殺之，善竹橋尙有血痕。】

其五百九十九

景仰千秋吉注書，棄官歸去樂鄉居。
麗末何人更與比？聾巖耘谷志相如。

【門下注書吉再，善山人。少清苦力學。恭讓二年，知國將亡，棄官歸。
聾巖金澍奉使大明，還到江上，聞太祖受禪，卽還入。遣僕遺雙履於家
人曰："以我還入之日爲忌辰。"高皇帝問："爾在本國何官？"對曰："禮曹
判書。"遂給尙書祿。終身居荊楚間，生二女。壬辰，天兵之來，有許遊擊
者，自稱外族云。耘谷元天錫，原州人。麗末不仕，隱居雉嶽山下。太宗
微時，嘗受學。及登極，召之不起。上親幸其第，亦不得見，只招爨婢，
給食物而還。】

其六百

運訖高麗五百年，聖人有作誕膺天。
制度規模基萬億，檀箕以後又朝鮮。

【裵克廉等白大妃，廢恭讓王，遜于原州。尋移杆城郡，降封恭讓君。後
三年，薨于三陟府。麗自太祖，歷三十二世四百七十五年而亡。我太祖受
禪，洪武二十五年壬申也。帝命來報國號，乃以"朝鮮"、"和寧"等號奏之，
帝曰："朝鮮之稱美，且其來遠矣，可以本其名而祖之。"遂定號"朝鮮"。】

著者 尹愭

1741年(英祖17)∼1826年(純祖26). 18世紀에 活動한 文人으로, 本貫은 坡平, 字는 敬夫, 號는 無名子이다. 幼年期에 文才가 뛰어나 집안의 囑望을 받았다. 20歲에 星湖 李瀷의 弟子가 되어 經書와 詩文을 質正받았다. 33歲에 增廣 生員試에 合格하여 近 20年을 成均館 儒生으로 지냈고, 이때 成均館의 모습을 그린 〈泮中雜詠〉 220首를 지었다. 52歲에 文科에 及第하였다. 藍浦縣監과 黃山察訪, 獻納 등을 거쳐 81歲에 正3品의 戶曹 參議에 올랐다. 纖細한 感受性으로 自身의 內面을 描寫하고 自然을 읊었으며 權力者의 橫暴와 兩班 社會의 不條理를 날카롭게 批判하였다. 또 400首의 〈詠史〉와 600首의 〈詠東史〉를 通해 歷史意識을 詩로 形象化하였다. 著書로 《無名子集》이 있다.

校勘標點 李霜芽

1967年 全北 井邑에서 태어났다. 公州師範大學 中國語教育科를 卒業하고 成均館大學校 漢文古典飜譯協同課程 碩士 및 博士課程을 卒業하였다. 民族文化推進會 附設 國譯研修院 研修部 및 常任研究部를 卒業하였으며, 韓國古典飜譯院 飜譯專門委員을 歷任하였다. 現在 成均館大學校 大東文化研究院에 在職하고 있다. 碩士 論文으로 〈茶山 丁若鏞의 『嘉禮酌儀』 譯註〉, 博士 論文으로 〈茶山 丁若鏞의 『祭禮考定』 譯註〉, 共譯書로 《日省錄》, 《國譯 記言》, 《無名子集》, 《大學衍義》, 《國譯儀禮》 등이 있다.

圈域別據點研究所協同飜譯事業 研究陣

研究責任者	辛承云(成均館大學校 文獻情報學科 教授)	
共同研究員	李熙穆(成均館大學校 漢文學科 教授)	
	陳在敎(成均館大學校 漢文敎育科 教授)	
	安大會(成均館大學校 漢文學科 教授)	
責任研究員	姜珉廷	
	金榮植	
	李奎泌	
	李霜芽	
先任研究員	李聖敏	
研究員	李承炫	

校正　　　　鄭美景

校勘標點
無名子集 4

尹愭 著 | 李霜芽 校點

初版 1刷 發行 2015年 12月 31日

編輯・發行 成均館大學校 出版部 | 登錄 1975. 5. 21. 第1975-9號

住所 (110-745) 서울市 鍾路區 成均館路 25-2

電話 760-1252~4 | 팩스 760-7452 | 홈페이지 press.skku.edu

組版 고연 | 印刷 및 製本 영신사

ⓒ 韓國古典飜譯院・成均館大學校 大東文化研究院, 2015

Institute for the Translation of Korean Classics・Daedong Institute for Korean Studies

값 20,000원

ISBN 979-11-5550-141-2　94810

　　　979-11-5550-105-4 (세트)